パティシエ★すばる

パティシエ・コンテスト!

①予選《よせん》

つくもようこ／作《さく》　烏羽《からすば》　雨《あめ》／絵《え》

講談社　青い鳥文庫

もくじ

お話《はなし》に出《で》てくる人《ひと》たち

星野《ほしの》　すばる

三度《さんど》のごはんより、スイーツが大好《だいす》き！　カノン、渚《なぎさ》といっしょに、本当《ほんとう》のホンキで、パティシエをめざして修業中《しゅぎょうちゅう》。「小学生《しょうがくせい》トップ・オブ・ザ・パティシエ・コンテスト」で優勝《ゆうしょう》して、おじいさんの国《くに》、オーストリアにあるウィーンに行《い》きたいと思《おも》っている。

山本《やまもと》　渚《なぎさ》

すばるの幼《おさな》なじみ。算数《さんすう》が得意《とくい》で、お菓子作《かしづく》りの材料《ざいりょう》の配合《はいごう》の計算《けいさん》はおまかせ！

村木《むらき》　カノン

すばるの大親友《だいしんゆう》。ファッションセンスがばつぐん。デコレーションが得意《とくい》。

「パティシエ☆すばる」の

緑川《みどりかわ》　つばさ

すばるたちの同級生《どうきゅうせい》でパティシエ修業《しゅぎょう》のライバル。かわいくって、なんでもできて、いつもやる気《き》いっぱいの女《おんな》の子《こ》。

マダム・クロエ

すばるたちの先生《せんせい》。かつて超《ちょう》人気店《にんきてん》の伝説《でんせつ》のパティシエだった。いまは注文《ちゅうもん》に合《あ》わせてケーキを作《つく》るアトリエを開《ひら》いている。

ルカ

5年生《ねんせい》の始業式《しぎょうしき》の日《ひ》、つばさの家《いえ》にやってきた、イタリア人《じん》の男《おとこ》の子《こ》。日本《にっぽん》が大好《だいす》き。

ダニエラ

世界的《せかいてき》に有名《ゆうめい》な大女優《だいじょゆう》。人《にん》気《き》シリーズの映画《えいが》「孤独《こどく》な旅《りょ》行者《こうしゃ》」に主役《しゅやく》で出演《しゅつえん》している。

1　夏休《なつやす》みがはじまったよ！

「わぁ、朝《あさ》からお日《ひ》さまがギラギラだぁ。」

わたしは部屋《へや》の窓《まど》をあけて、空《そら》を見上《みあ》げた。まっ白《しろ》なお日《ひ》さまが「これからもっと暑《あつ》くするよ！」って言《い》っているみたい。

みなさん、おはよう！　皇子台小学校《おうじだいしょうがっこう》五年《ねん》一組《くみ》、星野《ほしの》すばるです。

今日《きょう》は夏休《なつやす》みに入《はい》ってはじめての月曜日《げつようび》、時間《じかん》は……朝《あさ》の七時《じ》十分《ぷん》です。楽《たの》しいことがあるって不思議《ふしぎ》だよね。目《め》ざまし時計《どけい》がなくても、ちゃんと早起《はやお》きできちゃうんだ。

いそいで着《き》がえて、顔《かお》をあらわなくちゃ。

ってか、暑《あつ》いなぁ～。T《ティー》シャツじゃなくて、タンクトップとハーフパンツにしよう。夏《なつ》休《やす》みに入《はい》ってから猛暑日《もうしょび》の連続《れんぞく》。天気予報《てんきよほう》やニュースで毎日《まいにち》「熱中症《ねっちゅうしょう》に注意《ちゅうい》しましょ

う。」って言《い》ってる。わたしはいまのところ元気《げんき》だけど、ママは夏《なつ》が苦手《にがて》で、

「こう暑《あつ》くては、食欲《しょくよく》が出《で》ないわ……。」

って言《い》ってる。

あのね、うちのママはオーストリア人《じん》と日本人《にほんじん》のハーフなの。（コアラがいる国《くに》じゃないよ。あれはオーストラリアね。）オーストリアは、夏《なつ》でも朝晩《あさばん》はすずしくて、ママが育《そだ》ったおうちにはクーラーがなかったんだって!?

日本《にっぽん》でくらしているほうが長《なが》いんだけど、夏《なつ》のむし暑《あつ》さはいまだに苦手《にがて》なの。

ママじゃなくたって、この暑《あつ》さではご飯食《はんた》べるのもめんどうだよね。うちは『スプーンとフォーク』って名前《なまえ》の洋食屋《ようしょくや》さん。ビーフシチューやエビフライが絶品《ぜっぴん》なんだけど、暑《あつ》いときはオーダーする人《ひと》も少《すく》なくて……。

でね、わたし考《かんが》えました。『スプーンとフォークの夏限定《なつげんてい》のメニュー☆』

体《からだ》がこげちゃいそうな暑《あつ》い夏《なつ》に、ピッタリ。売《う》り上《あ》げだって上《あ》がっちゃうよ。お店《みせ》にはるポスターのコピーも考《かんが》えたんだ。

『冷《つめ》たい軽食《けいしょく》で、元気《げんき》モリモリ！　グラニータ&《アンド》ブリオッシュ』


どう、かっこいいでしょう。

なんだかわからない？　そこがねらいなんだ。

ミステリアス・メニューよ。人気《にんき》が出《で》るはず！　でもね、ちょっと心配《しんぱい》なんで、お店《みせ》の正式《せいしき》メニューにするまえに、定休日《ていきゅうび》を利用《りよう》して試食会《ししょくかい》を計画《けいかく》したんだ。

みんなの感想《かんそう》をききたいからね。わたしが『試食会《ししょくかい》』をするのは二回目《かいめ》、なんどしてもドキドキ、ワクワク☆

さぁ、みんなをおむかえする準備《じゅんび》をしなくちゃ。お店《みせ》の窓《まど》をあけ、空気《くうき》の入《い》れかえをした。

朝《あさ》の光《ひかり》と風《かぜ》がフワーッとお店《みせ》の中《なか》に入《はい》って、夜《よる》のにおいをどこかへ運《はこ》んでいったよ。

「おはよう、すばる。はりきっているね。」

うしろから、パパの声《こえ》がした。

「おはようございます！　だって試食会《ししょくかい》だもん。パパがんばろうね！」

わたしは力《ちから》をこめて答《こた》えた。

テーブルクロスをディナー用《よう》のサーモンピンクから白《しろ》いレースにかえた。テーブルの上《うえ》にお庭《にわ》にさいたマリーゴールドを飾《かざ》ってみた。緑色《みどりいろ》の小《ちい》さなガラスびんに、黄色《きいろ》とオレンジ色《いろ》がキレイ。夏《なつ》の朝《あさ》らしいテーブルになった。と、自転車《じてんしゃ》が止《と》まる音《おと》がした。

「おはようございまーす。」

カノンと渚《なぎさ》がやってきた。

「おはよう、すばる！」

「おはよう、さぁ、すわって。」

わたしはふたりを窓《まど》ぎわの席《せき》へ案内《あんない》した。

「すばる、新《あたら》しいメニューの試食会《ししょくかい》は楽《たの》しみだけど、なんで朝《あさ》なの？」

「ふふーん♪　すぐにわかるよ。それより朝《あさ》ご飯《はん》食《た》べてないよね？」

わたしはふたりにきいた。

「うん、そういう注文《ちゅうもん》だったからな。ってか、暑《あつ》いとご飯《はん》とみそ汁《しる》は食《た》べづらいんだ。じいちゃんはモリモリ食《た》べているけどな。」

渚《なぎさ》がちょっとこまった顔《かお》をして言《い》った。渚《なぎさ》の家《いえ》は『正月《しょうがつ》以外《いがい》朝《あさ》ご飯《はん》はご飯《はん》とみそ汁《しる》』が決《き》まりなんだよ。

大工《だいく》さんだったおじいさんが決《き》めたんだって。

「『朝《あさ》はお米《こめ》食《た》べなきゃ、力《ちから》が出《で》ない。』ってモリモリ食《た》べてんの。もう、大工《だいく》は引退《いんたい》したのにさ！」

渚《なぎさ》が笑《わら》って言《い》った。

あっ、車《くるま》のエンジン音《おん》が近《ちか》づいてきたぞ。この低《ひく》くひびく音《おと》は、つばさちゃんママの車《くるま》の音《おと》だね。

「ボンジョールノ〜☆」

「おはようございます〜。」

つばさちゃんとルカの元気《げんき》な声《こえ》がきこえた。

「ルカ、つばさちゃん、おはよう。つばさちゃんママ、それからダニエラさん、おはようございます。どうぞ、こちらへ。」

わたしはあいさつしてテーブルへ案内《あんない》した。

「……アンケ・カルド！」

「シィ！　マ・ヴァ・ベーネ。」

つばさちゃんママとダニエラさんがイタリア語《ご》でおしゃべりしてる。なんと言《い》ったかわからないけど、手《て》をパタパタしながらしゃべっているから、きっと『暑《あつ》いですねー。』なんて話《はな》しているんだろうな。

ルカのママ、ダニエラさんは世界《せかい》じゅうにファンがいる映画女優《えいがじょゆう》さんなの。大人気《だいにんき》シリーズの映画《えいが》『孤独《こどく》な旅行者《りょこうしゃ》』の撮影《さつえい》で来日中《らいにちちゅう》、新作《しんさく》の舞台《ぶたい》は『日本《にっぽん》』だからね。

ダニエラさんとルカにどうしても来《き》てほしくて、つばさちゃんママにたのんで、東京《とうきょう》のホテルまでむかえに行《い》ってもらったの。ダニエラさんの撮影《さつえい》が午後《ごご》からで、ホントよかったよ。

ダニエラさん、今朝《けさ》はお化粧《けしょう》していないすっぴん顔《がお》。でもメッチャキレイ。

プラチナ・ブロンドのロングヘアをキュッとまとめ、まっ白《しろ》いT《ティー》シャツに両《りょう》ひざが見《み》えてるダメージ・ジーンズってラフなファッションだ。

カノンに言《い》わせると、わざとボロボロにした、セレブに人気《にんき》のブランドなんだって。

世界《せかい》の大《だい》スター、ダニエラさんが、わたしたち『パティシエ見習《みなら》い』のはじめての外国《がいこく》のお客《きゃく》さまだったなんて、いまでも信《しん》じられないよ。（くわしくは『おねがい！　カンノーリ』を読《よ》んでね。）

日本《にっぽん》が大好《だいす》きで日本語《にほんご》も話《はな》せるルカは、ママといっしょに来日《らいにち》してる。なんと皇子台小《おうじだいしょう》の『特別留学生《とくべつりゅうがくせい》』になったんだ。

S市《エスし》の東《ひがし》に『成田国際空港《なりたこくさいくうこう》』があるんだ。そんなことでS市《エスし》は国際交流《こくさいこうりゅう》に力《ちから》を入《い》れている。ルカが『特別留学生《とくべつりゅうがくせい》』になれたのは、そのおかげなんだ。

二学期《がっき》になったら、みんなでイタリアのことを勉強《べんきょう》するんだ。楽《たの》しみだね！

「ルカ、日本《にっぽん》の夏《なつ》はイタリアより暑《あつ》い？」

わたしはルカにきいた。

「はい、ボクがすんでいるローマは、こんなにあつくありません。でも、マンマのふるさとシチリアは、とてもあついです。」

にっこり笑《わら》って答《こた》えた。

「すばるちゃん、知《し》ってる？　シチリア島《とう》ってアフリカのチュニジアに近《ちか》いのよ。暑《あつ》いはずね。」

つばさちゃんが教《おし》えてくれた。

へー、おどろいた。そうなんだ。ってか、チュニジアって国《くに》、はじめて知《し》ったよ。つばさちゃんはよく勉強《べんきょう》しているなぁ。

「おはようございます。」

あいさつをしながら、うちのママとお姉《ねえ》ちゃんのスピカねぇ、お兄《にい》ちゃんの恒星《こうせい》にぃがお店《みせ》に入《はい》ってきた。これで全員《ぜんいん》そろったね。

「みなさん、本日《ほんじつ》は朝早《あさはや》くから『スプーンとフォーク夏限定《なつげんてい》メニューの試食会《ししょくかい》』へおこしくださいましてありがとうございます。では、よろしくお願《ねが》いします。」

わたしがあいさつし終《お》えると、パパがキッチンからトレイを運《はこ》んできた。

「どうぞ、みなさん。」

トレイの上《うえ》にあるのは、お皿《さら》にのせた足《あし》のついたパフェのグラス。わたしはみんなの前《まえ》にならべた。

「オーッ！　マンマ・ミーア！」

ダニエラさんがうれしそうに言《い》った。

「これが新《しん》メニュー？　シャーベットじゃん。」

「ホント、シャーベットだわ。ちょっとガッカリかも……。」

「ってか、なぜパンが添《そ》えてあるの？」

渚《なぎさ》、カノン、つばさちゃん、三人《にん》がグラスを見《み》ながら首《くび》をかしげてる。

「このパンはブリオッシュですわ。で、ほかになにが出《で》てくるのかしら？　まさか、これだけですの？」

つばさちゃんママが、わたしを見《み》てきいた。

みんながおどろくのもむりはない。わたしたちが運《はこ》んだものは、グラスに入《はい》ったシャリシャリした氷《こおり》とパンだもん。

思《おも》ったとおりだ。みんな、おどろいてるぞ。

「これが『スプーンとフォーク』の夏《なつ》スイーツ、『グラニータ&《アンド》ブリオッシュ』です。グラニータというのは——。」

と、わたしが説明《せつめい》をはじめたとき……。

「イタリアのなつのドルチェ、グラニータ！　そしてブリオッシュ。グラニータとブリオッシュは、シチリアのなつのコラッツィオーネ、つまり、あさごはんです！」

ルカが興奮《こうふん》して言《い》った。せっかくわたしが説明《せつめい》しようとしてたのに……。

「イタリアの朝《あさ》ご飯《はん》？　それは、甘《あま》いパンとコーヒー、ですわよね？」

イタリアにくわしいつばさちゃんママが、ルカにたずねた。

「はい、でもシチリアのなつはとてもあつくて、しょくよくがでません。だからつめたいグラニータに、ブリオッシュをひたしてたべるんです。こうして！」

ルカは説明《せつめい》しながらパンをちぎって、グラスの中《なか》へひたしてパクッと食《た》べた。ダニエラさんもうれしそうにパクッと食《た》べた。

「あぁ、ボーノ！」

「おいしいです……。」

親子《おやこ》で顔《かお》を見合《みあ》わせてうっとりしてる。

「なんだか、ドキドキする。朝《あさ》ご飯《はん》がシャーベットなんて……。」

「ホントですわ。しかも、パンをひたして食《た》べるなんて、おぎょうぎが悪《わる》いような……。」

つばさちゃんとつばさちゃんママが、じっとグラニータを見《み》つめてつぶやいた。

「これね、イタリア旅行《りょこう》の本《ほん》で見《み》つけた食《た》べ物《もの》なの。わたしもはじめはおどろいたの。でも、不思議《ふしぎ》なおいしさ！　新《あたら》しい夏《なつ》の味《あじ》だよ。」

わたしはみんなに言《い》った。

「暑《あつ》いから朝《あさ》から冷《つめ》たいものを食《た》べる。シチリアのあたりまえなんだね。」

「さすがイタリア、発想《はっそう》が自由《じゆう》。」

カノンと渚《なぎさ》は感心《かんしん》してる。

「いろんなグラニータを作《つく》ったの。ダニエラさんとルカに出《だ》したのはコーヒー。そしてレモン、スイカ、ブルーベリーもあるよ。お好《この》みでホイップクリームをつけてね。」

わたしはガラスの器《うつわ》に入《い》れたホイップクリームを出《だ》した。

ダニエラさんはニコニコしてグラニータにホイップクリームを山盛《やまも》りのせて、夢中《むちゅう》で食《た》べてる。

「……では、いただきます。」

渚《なぎさ》がレモンのグラニータをひと口《くち》食《た》べた。

「うわっ、冷《つめ》たくて、目《め》がシャキッとする。そんで、ここにブリオッシュをひたして食《た》べてみよう――。」

渚《なぎさ》がモグモグとしている。

「不思議《ふしぎ》〜。でも、合《あ》うよ。食欲《しょくよく》のないときにピッタリだ。」

ニッコリした顔《かお》を見《み》て、みんながグラスに手《て》をのばした。

「夏休《なつやす》みらしい特別《とくべつ》な朝《あさ》ご飯《はん》だ。ホイップクリームをたっぷりつけるとコーヒー味《あじ》も食《た》べられる！　わたしのコーヒーデビューだ☆」

カノンがうれしそうに言《い》った。わたしはみんなの感想《かんそう》をメモした。

夏《なつ》バテぎみのママもおいしそうに食《た》べている。あー、よかったぁ……。

「グラッツィエ、すばる……！　◎△□☆※♪♪！」

食《た》べ終《お》わったダニエラさんが、わたしに早口《はやくち》でなにか言《い》った。

「『グラニータ、とってもおいしかったわ！　よいさつえいが、できそうです。』って。」

ルカがうれしそうに日本語《にほんご》に通訳《つうやく》してくれた。

「すごいわ、すばるちゃん！　またシチリアの味《あじ》でダニエラさんを笑顔《えがお》にしたのね。」

つばさちゃんが目《め》をキラキラさせて言《い》った。

ルカとダニエラさんは「ぜんぶおいしい。」って言《い》ってたけど、みんなは「スイカのグラニータは微妙《びみょう》……。」って。

「では、『スプーンとフォーク』夏《なつ》の限定《げんてい》メニューのグラニータはレモン、ブルーベリー、コーヒーの三種類《しゅるい》にします。みなさん、どうもありがとうございました。」

わたしはペコッとおじぎして言《い》った。

「すばる、おいしかったけど、不満《ふまん》があるわ。お店《みせ》にはったポスターの『元気《げんき》モリモリ』って、ダサイから考《かんが》えなおしたほうがいいわよ。」

カノンがピシッと言《い》った。

「オレも不満《ふまん》がある！　グラニータ、オレも作《つく》りたかった。ズルイぞ、オレたちと作《つく》るまえにお店《みせ》のメニューにしちゃうなんて。」

渚《なぎさ》がマジメな顔《かお》で言《い》った。

「ごめん、ごめん。そう言《い》うと思《おも》って、ちゃんと準備《じゅんび》してあるよ。」

わたしは笑《わら》いながら答《こた》えた。

「……ならゆるす！　つばさちゃんもいっしょに作《つく》ろうぜ。」

渚《なぎさ》がつばさちゃんをさそった。

「わたしはむり。夏休《なつやす》みのつばさは、いそがしいの。」

つばさちゃんが、キリッとことわった。

女子《じょし》ってさ、友《とも》だち同士《どうし》で『空気《くうき》を読《よ》む』ってことに気《き》を使《つか》うじゃない。でも、つばさちゃんはちがう。しっかり自分《じぶん》の意見《いけん》を言《い》うんだ。

まえからそうだけど、五年生《ねんせい》になってもそれは変《か》わらない。ときどき、ヒヤヒヤしちゃうけれど、すごくカッコイイと思《おも》う。

「ごめんなさいね。これからつばさは塾《じゅく》の夏期講習《かきこうしゅう》なの。そろそろ時間《じかん》だわ。すばるちゃん、ありがとう。」

つばさちゃんママがそう言《い》って、席《せき》を立《た》った。

渚《なぎさ》がわかりやすくガッカリして、ルカがなぐさめている。ダニエラさんに撮影所《さつえいじょ》からおむかえの車《くるま》が来《き》て、出《で》ていった。

スピカねぇ、恒星《こうせい》にぃもお部屋《へや》へ帰《かえ》って——。お店《みせ》の中《なか》が静《しず》かになった。

「パパとママはランチの仕込《しこ》みがあるから、グラニータはおうちのキッチンで教《おし》えるね。」

　わたしはみんなに言《い》った。

「グラニータはとてもかんたんだよ。好《す》きなフルーツのジュースをしぼって、凍《こお》らせるだけ。」

　わたしは冷蔵庫《れいぞうこ》からレモンをとりだした。

「はじめになべにグラニュー糖《とう》と水《みず》を入《い》れて、シロップを作《つく》っておかないと……。」

　わたしがコンロの火《ひ》をつけたら、カノンがレモンをしぼりはじめた。

「シロップを冷《さ》まして、レモン汁《じる》と合《あ》わせたらオッケー。あとは冷《ひ》やすだけだな。」

　渚《なぎさ》がまだ熱《あつ》いシロップが入《はい》ったなべを、氷水《こおりみず》を入《い》れたボウルで冷《ひ》やしながら言《い》った。

「うん、かんたんでしょ！　でもね、皮《かわ》をすりおろしてくわえると、いっそうさわやかになるんだ。無農薬《むのうやく》のレモンにかぎるけど。」

　わたしはレモンの皮《かわ》をすりおろし、シロップの中《なか》へくわえた。

「スプーンで何度《なんど》かかきまぜながら冷《ひ》やしかためるんだよ。冷凍庫《れいとうこ》へ入《い》れっぱなしは、ダメ。シャリシャリじゃなく、カチンコチンになっちゃうから。」

おしゃべりしながら、あっというまにレモンのグラニータ作《づく》りが終《お》わった。

「みんなたのしそうですね。」

じっと見《み》ていたルカが、感心《かんしん》して言《い》った。

「うん、楽《たの》しい！　お菓子作《かしづく》りは、奥《おく》が深《ふか》くておもしろいぜ。さぁ、帰《かえ》って夏休《なつやす》みの宿題《しゅくだい》しなくちゃ。すばる、またあとでな。」

渚《なぎさ》がマジメな顔《かお》で言《い》った。

「うん。宿題《しゅくだい》はなるべく早《はや》くかたづけておかないとね。」

カノンがキリッと返事《へんじ》をした。

えらいでしょ、わたしたち。夏休《なつやす》みはコンテストのためにいっぱいレッスンしたいからね。コンテストの予選《よせん》は九月《がつ》だけど、二学期《がっき》がはじまったら運動会《うんどうかい》の練習《れんしゅう》でいそがしくなる。

だから夏休《なつやす》みは『小学生《しょうがくせい》トップ・オブ・ザ・パティシエ・コンテスト』のための『大切《たいせつ》な時間《じかん》』なんだ。

予選《よせん》を突破《とっぱ》して全国大会《ぜんこくたいかい》へ進《すす》む。それがいまのわたしたちの目標《もくひょう》！

「ルカ、レッスン見《み》に来《く》る？　それから――。ダニエラさんが撮影《さつえい》でおそくなるなら、今日《きょう》はうちに泊《と》まらない？　みんな大《だい》かんげいだよ。」

わたしはルカに言《い》った。

「おー、すばる、うれしいです☆　ホテルにはマンマのスタッフがいるのですが、たのしくありません。……えっと、こんなときのへんじ、しってますよ。『オコトバニアマエマス』です！」

ルカがうれしそうに答《こた》えた。なんかその答《こた》え方《かた》、微妙《びみょう》な感《かん》じするけど……。

「そうそう、ルカは皇子台小《おうじだいしょう》へどうやって通《かよ》うつもり？　ママと泊《と》まっている東京《とうきょう》のホテルから通《かよ》うのは、大変《たいへん》じゃない？」

わたしはルカに言《い》った。

「うん、オレも気《き》になってた。もしかして、スタッフさんの車《くるま》で登校《とうこう》？　それもいいけど、オレんちはどう？　朝《あさ》は日本食《にほんしょく》だけど、それでよかったら泊《と》まりに来《こ》いよ。」

渚《なぎさ》がしんけんな顔《かお》で言《い》った。

「うちもいいよ。ママはときどき留守《るす》するけど、アンナお姉《ねえ》ちゃん家族《かぞく》がいるから。」

カノンもさそってる。

「すばる、なぎさ、カノン。グラッツィエ、ありがとう！　みんなやさしいです！　でもね、いきません。かんがえていることが、あります。」

ルカが答《こた》えた。

「えっ、どんな考《かんが》え？」

ワクワクしてたずねたら……。

「ノォ、いまはいいません！　でも、いつかはいいます。」

わたしたちの顔《かお》を見《み》て、キッパリと言《い》った。そのまなざしが、やけに力強《ちからづよ》かったから、わたしたちは、それ以上《いじょう》きかなかった。

ルカ、いったいなにを考《かんが》えているの？

2　夏休《なつやす》みのレッスン

朝《あさ》の予感《よかん》どおり、気温《きおん》はグングン上《あ》がってる。お昼《ひる》ご飯《はん》を食《た》べて外《そと》に出《で》たら、アスファルトがとけちゃいそうなくらい。あっつーい！

だけど、ひるんでなんか、いられない。わたしはキャップを深《ふか》くかぶり、ルカに声《こえ》をかけた。

「自転車《じてんしゃ》、だいじょうぶ？　わたしについてきてね。」

「シィ！　はい、いきましょう☆」

セミが鳴《な》く街路樹《がいろじゅ》の下《した》をグングン走《はし》る。暑《あつ》いけど楽《たの》しい、これこそ夏休《なつやす》み!!

あのね、ルカの乗《の》っている自転車《じてんしゃ》は、恒星《こうせい》にぃのなんだ。恒星《こうせい》にぃは中《ちゅう》二でルカより身《しん》長高《ちょうたか》いのに、サドルの高《たか》さはピッタリだった。

気《き》がつかなかったけど、ルカの足《あし》、めっちゃ長《なが》い。

お顔《かお》もダニエラさんに似《に》てキレイ。そんなルカが自転車《じてんしゃ》で走《はし》っているんだから、すれちがう人《ひと》たちがハッとして、見《み》とれてる。

するとルカは「チャオ！　こんにちはー！」って、あいさつして走《はし》りすぎる。この調子《ちょうし》だと、夏休《なつやす》みが終《お》わるころには、知《し》り合《あ》いがいっぱいできているね。

いつものまちあわせ場所《ばしょ》、皇子台公園《おうじだいこうえん》が見《み》えてきた。

「カノン！　オーッ、あさとふくがちがいますね。ベリッシモ☆　とてもかわいいです。」

ルカがカノンを見《み》るなり言《い》った。

「そうかな？　ルカはよく気《き》がつくな……。ってか、カワイイって言《い》いすぎだぜ。」

渚《なぎさ》があきれた顔《かお》をした。

「ありがと、ルカ。そうなの、ワンピースかえてきたの。あのね、クロエ先生《せんせい》のキッチンはヒンヤリしてるでしょ。午前中《ごぜんちゅう》はノースリーブだったんだけどぉ——。」

カノンがうれしそうにお洋服《ようふく》の説明《せつめい》をはじめた。カノンはね、おしゃれが大好《だいす》きで、自分《じぶん》のことを「皇子台小《おうじだいしょう》でいちばんファッションセンスがある！」って言《い》ってるの。お洋服《ようふく》の話《はなし》も大好《だいす》きで、これがはじまると、長《なが》いんだ……。

ジージー、ジジー。

頭《あたま》の上《うえ》でセミがやかましく鳴《な》きだした。お日《ひ》さまにてらされて、キャップとおでこのすきまから、汗《あせ》がダラダラ流《なが》れてきた。

「オッケー、わかった。カワイイ、すごくカワイイ。セミもカワイイって鳴《な》いてる。もういいだろ、行《い》くぜ！」

渚《なぎさ》はそう言《い》うと、グッとペダルをふんで走《はし》りだした。

「ちょっと、なに、その言《い》い方《かた》？　まだ話《はなし》が終《お》わってないのに!?」

カノンがほっぺをプクッとさせたまま、渚《なぎさ》の後《あと》につづいて走《はし》りだした。カノンの次《つぎ》にルカ、そしてわたしはいちばんうしろ。三人《にん》のうしろ姿《すがた》を見《み》て走《はし》っていると、あれれ……？

わたしたち、ずーっとまえから、四人《にん》でいっしょにいたみたいだ。

友《とも》だちって不思議《ふしぎ》だね。仲《なか》よくなるまでは、なにを話《はな》していいかわからなくて、ドギマギしちゃう。こころを開《ひら》いて『本音《ほんね》』で話《はな》すことが大切《たいせつ》なのかな？

でも、気《き》をつけなくちゃいけない。

友《とも》だちじゃなくなるのだって、『本音《ほんね》』が原因《げんいん》だもん。こころの距離《きょり》がはなれて、冷《つめ》たくなって、大《だい》キライになっちゃう。

そんな悲《かな》しいことにならないように、わたしは『言葉《ことば》』を大切《たいせつ》にするんだ。ときどきわすれちゃうけど。

こんなこと思《おも》うの、へんかな？　だってわたしは、カノンと渚《なぎさ》、ルカが大好《だいす》きなんだもん。……わたしのマジメな話《はなし》、笑《わら》わないでね。

アブラゼミの鳴《な》き声《ごえ》がシャワーのようにふり注《そそ》ぐ藤森神社《ふじもりじんじゃ》を通《とお》りすぎた。ほら、緑色《みどりいろ》の屋根《やね》の家《いえ》が見《み》えてきた。

『お菓子《かし》のアトリエ　マダム・クロエ』に到着《とうちゃく》だ。

――カラン、カラン……。

「こんにちは！」

玄関《げんかん》のベルを鳴《な》らして、お店《みせ》の中《なか》へ入《はい》った。あれ、シーンとしている。

クロエ先生《せんせい》はどこかな？

「庭《にわ》か、食料庫《しょくりょうこ》に行《い》っているんじゃない？　先《さき》にしたくをしておこうぜ。」

渚《なぎさ》がエプロンをつけ、自分専用《じぶんせんよう》のお菓子作《かしづく》りの道具《どうぐ》をとりだした。ホイッパー、ナッペ用《よう》のナイフ、コーム……。ルカが楽《たの》しそうに道具《どうぐ》を見《み》つめてる。

「わたしも、準備《じゅんび》しよう。」

カバンからエプロンを出《だ》した。そのとき――。エプロンのヒモがノートに引《ひ》っかかって、パサッと床《ゆか》に落《お》ちた。

「すばる、ノートがおちました。」

素早《すばや》くルカが拾《ひろ》いあげた。

「ありがとう。これはね、とっても大切《たいせつ》なノートなんだ。」

わたしは『パティシエへの道《みち》』と書《か》いた文字《もじ》を見《み》つめて答《こた》えた。

「ボク、このかんじよめます。『みち』です。ぱてぃしえへのみち、ノートがみち？」

ルカが首《くび》をかしげてる。

「うーん、説明《せつめい》がむずかしいな。オレたちはパティシエになることをめざしているんだ。知《し》っているだろ？　そのために、クロエ先生《せんせい》のレッスンを受《う》けたり――。」

渚《なぎさ》がルカに説明《せつめい》をはじめた。

「お客《きゃく》さまのためにケーキを作《つく》ったり、いろんなケーキ屋《や》さんを調《しら》べたりしてるの。お菓《か》子《し》について経験《けいけん》したこと、勉強《べんきょう》したことを書《か》いているのよ。」

カノンの言葉《ことば》をききながら、ルカがページをめくりだした。

ラズベリーのジャム、レモンパイ、ナミダのロールケーキ、バタークリームで作《つく》ったバラの飾《かざ》りしぼり、チョコレート、チーズケーキ……。いままでたくさん作《つく》ったなぁ。

なつかしいスイーツの数々《かずかず》。ずいぶん時間《じかん》がたっているけど、ついさっき作《つく》ったようにおぼえているよ。

「このノートがスイーツでいっぱいになるほど勉強《べんきょう》したら、パティシエに近《ちか》づく。だから『パティシエへの道《みち》』って書《か》いたんだよ。ほら、目的地《もくてきち》めざして、道《みち》を歩《ある》くでしょ。それと同《おな》じね。」

わたしはルカに言《い》った。わかってくれたかかな？

「すばらしい！　このしろいページをドルチェ、おかしで、いっぱいにしてくださいね！」

ルカは興奮《こうふん》しながら、まだなにも書《か》いていないページをめくった。

そして最後《さいご》のページ。ここには大《おお》きく一行《ぎょう》書《か》いてある。

『才能《さいのう》と努力《どりょく》で、村木《むらき》カノン、山本渚《やまもとなぎさ》、星野《ほしの》すばる、三人《にん》そろってパティシエになる。』

これはわたしが「パティシエになりたい！」と決《き》めたときに書《か》いた言葉《ことば》。わたしたちの決意《けつい》を書《か》いたんだ。

「わたしたち、パティシエになって、三人《にん》でお店《みせ》を開《ひら》くんだ。」

わたしはルカに言《い》った。

「一日《いちにち》でも早《はや》く、思《おも》いがかなうように、お菓子作《かしづく》りのコンテストに出《で》るんだぜ、ホラ！」

渚《なぎさ》がカバンの中《なか》から封筒《ふうとう》を出《だ》した。

『小学生《しょうがくせい》トップ・オブ・ザ・パティシエ・コンテスト事務局《じむきょく》』から来《き》た地区予選《ちくよせん》の通知《つうち》だ。

「日本《にっぽん》でいちばんケーキ作《づく》りがじょうずな小学生《しょうがくせい》を決《き》めるコンテストの通知《つうち》さ。オレたちエントリー・レシピが通《とお》って、地区予選《ちくよせん》に進《すす》むんだぜ。」

渚《なぎさ》がマジメな顔《かお》で説明《せつめい》してる。

「予選《よせん》は、全国各地《ぜんこくかくち》で同《おな》じ日《ひ》にいっせいに開《ひら》かれるんだ。ぜんこくかくち、わかるかな？　日本《にっぽん》のあちこち、ってことな。」

渚《なぎさ》が熱心《ねっしん》に説明《せつめい》してる。

「わたしたちそれぞれ、優勝《ゆうしょう》めざしているの。だから仲《なか》よしだけどライバル。ねっ！」

カノンがわたしを見《み》てニカッと笑《わら》った。

「うん、優勝《ゆうしょう》するとオーストリアで本場《ほんば》のパティシエ体験《たいけん》ができるんだ。」

わたしは力《ちから》をこめて言《い》った。

「みんなのもくひょう、すばらしいです。じつはボクも、かんがえていることが――。」

ルカがうれしそうに言《い》って、カバンの中《なか》からなにかを出《だ》そうとした。

そのとき、キッチンの横《よこ》のドアがあいた。

「みなさん、おまたせしました。まぁルカくん、いらっしゃい。ではみなさん、はじめましょう。」

クロエ先生《せんせい》が入《はい》ってきて、レッスンがはじまった。

なにを出《だ》そうとしてたのかな？　わたしは、ルカのカバンの中身《なかみ》が気《き》になった。

「コンテストの予選《よせん》は九月《がつ》二十三日《にち》です。まだ先《さき》ですが、九月《がつ》に入《はい》ったら学校《がっこう》の勉強《べんきょう》や行《ぎょう》事《じ》でいそがしくなります。夏休《なつやす》みはパティシエ見習《みなら》いのお仕事《しごと》はお休《やす》みして、予選《よせん》で製作《せいさく》するケーキを、完成《かんせい》させましょう。」

キリッとしたクロエ先生《せんせい》が言《い》った。

わたしがコンテストに出《だ》したエントリー・レシピは、『黒《くろ》い森《もり》のケーキ』。

カノンは『とびきりのデコレーションケーキ』でエントリーした。

渚《なぎさ》は『ロールケーキ』だよ。

コンテストの事務局《じむきょく》からの手紙《てがみ》には、こう書《か》いてあった。

『予選当日《よせんとうじつ》まで、エントリー・レシピに新《あたら》しいアイディアをくわえることをかんげいします。進化《しんか》したレシピで予選《よせん》にのぞんでください。』

すごく、きんちょうする文章《ぶんしょう》だよね。

カノンと渚《なぎさ》、それから、塾《じゅく》のお勉強《べんきょう》がいそがしいつばさちゃん、みんなエントリー・レシピにアレンジをくわえようと、考《かんが》えている。

でも、わたしは迷《まよ》っているの。どうしても、ある言葉《ことば》が頭《あたま》からはなれない。だから迷《まよ》っているんだ。

それに、まだ途中《とちゅう》までしか習《なら》ってないし、アレンジまで考《かんが》えられないんだ。

クロエ先生《せんせい》のお店《みせ》は、記念日《きねんび》のためにケーキを作《つく》る『記念日《きねんび》のケーキ屋《や》さん』、そしてわたしたちは、お店《みせ》の『パティシエ見習《みなら》い』。お客《きゃく》さまから注文《ちゅうもん》されて、ケーキを作《つく》ることもあるんだよ。だからいそがしくて、黒《くろ》い森《もり》のケーキのレッスンが途中《とちゅう》のままなの。

今日《きょう》は、教《おし》えてくれるかな？

「みなさん、本日《ほんじつ》のレッスンは、これです。」

クロエ先生《せんせい》が、テーブルの上《うえ》にカゴをのせて言《い》った。

甘《あま》くてさわやかな香《かお》り、フルーツだ！

「本日《ほんじつ》はデコレーションに欠《か》かせないフルーツについてのレッスンです。そして、途中《とちゅう》のままになっていた『黒《くろ》い森《もり》のケーキ』のつづき、チェリークリームも作《つく》りましょう。」

やったぁ！　願《ねが》ってたとおりのレッスンだ。

わたしの背《せ》すじが、いつもよりシャキッとのびた。

「フルーツは、お菓子《かし》作《づく》りには欠《か》かせない大切《たいせつ》な材料《ざいりょう》です。色《いろ》、香《かお》り、味《あじ》でケーキをおいしくごうかにします。」

クロエ先生《せんせい》が、話《はな》しはじめた。

「四季折々《しきおりおり》、たくさんのフルーツがあります。それぞれの果物《くだもの》のいちばんおいしい『旬《しゅん》』を考《かんが》えて、ケーキ作《づく》りにとり入《い》れるといいですね。」

●果物選《くだものえら》びは『しゅん』が大切《たいせつ》。

わたしはノートにしっかりと書《か》きこんだ。

「フルーツのケーキといえば、いちごケーキだよね。ほら、ファッションデザイナーの小《こ》山《やま》さまの注文《ちゅうもん》、おぼえている？」

カノンがなつかしそうな顔《かお》をして言《い》った。もちろんおぼえている。秋《あき》に実《みの》る国産《こくさん》のいちごを産地《さんち》からとりよせて作《つく》った、思《おも》い出深《でぶか》いケーキだもん。

「にっぽんは、どのみせにも、いちごケーキがありますね。イタリアでは、そんなことありません。どうしてですか？」

ルカが目《め》をキラキラさせてきいた。

「オレ知《し》ってる！　じいちゃんからきいたんだ。それは『めでたい』からさ。」

渚《なぎさ》が自信満々《じしんまんまん》に答《こた》えた。でも、意味《いみ》がわからないぞ。

「つまり……日本《にっぽん》では『赤《あか》と白《しろ》』の組《く》み合《あ》わせは『めでたい』とされている。いちごの『赤《あか》』とホイップクリームの『白《しろ》』。ホラ『めでたい』色《いろ》だろ。だから日本人《にほんじん》はいちごのケーキが大好《だいす》き。だから日本《にっぽん》のパティシエは、いちごケーキを作《つく》るのさ。」

渚《なぎさ》が胸《むね》をはって言《い》った。

「ルカ、『めでたい』ってわかる？　赤《あか》と白《しろ》の組《く》み合《あ》わせは『おめでとう』って意味《いみ》なんだよ。」

わたしは説明《せつめい》しながら思《おも》った。知《し》らなかったなぁ……。

「クロエ先生《せんせい》、ほんとうですか？」

カノンが首《くび》をかしげてる。

「フフフ……。どうでしょう？」

クロエ先生《せんせい》が、楽《たの》しそうに笑《わら》った。

「今日《きょう》は、いちごはありませんが、夏《なつ》のフルーツを中心《ちゅうしん》に用意《ようい》しました。」

クロエ先生《せんせい》がカゴの中《なか》からソルダム、桃《もも》、マンゴーを出《だ》してならべはじめた。たくさんある！

「オーッ、とてもおいしそう！　にっぽんのくだものは、きれいですね。」

ルカがうれしそうに果物《くだもの》を見《み》ている。

「みなさん、この中《なか》から『いちばんおいしい』と思《おも》うフルーツを選《えら》んでください。」

フルーツを前《まえ》にして、クロエ先生《せんせい》が言《い》った。

「やっぱり手《て》ざわりだよな。」

渚《なぎさ》はそう言《い》ってひとつひとつ手《て》にとり、フルーツのはだざわりをたしかめてる。

「フルーツは香《かお》りが大事《だいじ》ね。」

わたしは、目《め》をとじて鼻《はな》をクンクン……。気持《きも》ちを集中《しゅうちゅう》して香《かお》りをたしかめる。

「両方《りょうほう》とも正解《せいかい》だけど、決《き》めては形《かたち》と色《いろ》の美《うつく》しさよ。」

カノンが上下《じょうげ》、左右《さゆう》、じっくり観察《かんさつ》している。そして……。

「決《き》めました！」

三人《にん》でいちばんおいしそうなフルーツを選《えら》びだした。

「では、試食《ししょく》しましょうね。」

クロエ先生《せんせい》がナイフをとりだし、切《き》りはじめた。わぁ……、なんていい香《かお》りだろう。お店《みせ》の中《なか》が甘《あま》く、さわやかな香《かお》りでいっぱいだ。

「いただきます……。桃《もも》、おいしい！　カノン、食《た》べてみて。果肉《かにく》のやわらかさと甘《あま》さ、バッチリよ。」

「ソルダムもおいしいよ！　甘《あま》さと酸味《さんみ》のバランス、最高《さいこう》。ナギサはどれが好《す》き？」

「桃《もも》もソルダムもうまいけど、オレはマンゴー！　甘《あま》いばかりじゃない、さわやかな酸味《さんみ》がある。ほら、ルカも食《た》べて。」

ナギサがルカに声《こえ》をかけた。

「クロエせんせい、にっぽんのくだものは、どれもとてもおいしいですね！　とてもあまくて、やわらかい。かおりも、じょうひんです。」

みんなで最高《さいこう》のフルーツを選《えら》ぶことができて、満足《まんぞく》、満足《まんぞく》！

「はい、じょうずに選《えら》べましたね。」

クロエ先生《せんせい》が言《い》った。

「では、もう一度質問《いちどしつもん》します。みなさんが選《えら》んだフルーツは、ケーキに合《あ》うかしら？」

ジューシーでやさしい甘《あま》さの桃《もも》、ホイップクリームとの相性《あいしょう》はどうかな？

香《かお》りと甘味《あまみ》が濃《こ》いマンゴーは？　酸味《さんみ》がしっかりしているソルダムは？

ケーキになったことを思《おも》いうかべて、考《かんが》えてみた。

「うーん、合《あ》うのと、合《あ》わないのがあると思《おも》います。」

わたしは感《かん》じたことを言《い》った。

「すばる、てきとうだなぁ。」

「ちがうよ渚《なぎさ》、ちゃんと考《かんが》えたの。ベースになるケーキによって、合《あ》ったり、合《あ》わなかったりするって思《おも》ったの。」

「ホントね。『味《あじ》の組《く》み立《た》て』で勉強《べんきょう》したものね。ほら、渚《なぎさ》もおぼえているでしょ？」

カノンがニカッと笑《わら》って言《い》った。

「思《おも》いだした。ケーキは『タテ』を食《た》べるんだった。」

渚《なぎさ》がうなずいた。

「そのとおり！　みなさん、よく考《かんが》えましたね。ケーキのベースは、スポンジケーキとクリームだけではありません。スポンジケーキの上《うえ》に、ムースを合《あ》わせるタイプや、タルト、パイ……。いろいろありますね。」

クロエ先生《せんせい》が言《い》った。

「果物《くだもの》もそう。酸味《さんみ》、甘《あま》さ、香《かお》りが強《つよ》いフルーツ、弱《よわ》いフルーツいろいろだ。ベースのケーキとバランスが合《あ》うようにしないと……。」

渚《なぎさ》がしんけんな顔《かお》で言《い》った。

「ひと口《くち》食《た》べて、『おいしい』となるように、フルーツを使《つか》いこなさないとね。」

わたしとカノンの言葉《ことば》に、クロエ先生《せんせい》がうなずいた。

「はい、そこが重要《じゅうよう》。そして、もっと重要《じゅうよう》なことがあります。『使《つか》う量《りょう》と切《き》り方《かた》』です。理由《りゆう》は？」

クロエ先生《せんせい》、今日《きょう》はずっと質問《しつもん》してばかり。考《かんが》えることがいっぱいで、大変《たいへん》だよ。

「うーん、いろどりよくて、ごうかに見《み》えるようにするため？」

カノンがわたしを見《み》た。

「ごうかにするなら、デーンと使《つか》えばいい。でも……。フルーツが多《おお》すぎたら『このケーキはフルーツの味《あじ》しかしない』ってなるぞ。」

渚《なぎさ》が答《こた》えた。

「そうか、フルーツに頼《たよ》りすぎない、ってことだ。たくさん使《つか》わなくても、切《き》り方《かた》の工夫《くふう》で、ごうかでおいしいケーキになるよね。」

わたしたち、クロエ先生《せんせい》の教《おし》えたいことが、わかったよ。わすれないよう、しっかりノートに書《か》いておかなくちゃ。

「それに、フルーツには同《おな》じものはないよね。しんちょうに選《えら》んでも、コンテスト本番《ほんばん》で、おいしくないフルーツにあたってしまったら、どうしよう？」

カノンが言《い》った。

「フルーツの酸味《さんみ》、甘《あま》さ、色合《いろあ》い、香《かお》りを、おいしくとじこめることができたらなぁ。」

渚《なぎさ》がつぶやいた。

「山本《やまもと》くん、よいところに気《き》がつきましたね。それには、フルーツを『加工《かこう》する』ことです。キッチンで、フルーツの加工《かこう》について勉強《べんきょう》しましょう。」

キッチンに入《はい》るなりクロエ先生《せんせい》は、かべにかけてあるホワイトボードにサラサラと文字《もじ》を書《か》いた。

『コンポート、コンフィチュール、ピュレ、マルムラード、ジュレ』

「おぉ、これはカタカナですね。ボクもよめます。こんぽーと、こんふぃちゅーる、ぴゅれ……。」

ルカが声《こえ》に出《だ》していっしょうけんめい読《よ》んだ。

「なんじゃ、これ……。」

渚《なぎさ》が眉間《みけん》にしわをよせてる。なんだろう、まるで呪文《じゅもん》みたい。

「コンポートは知《し》ってるわ。果物《くだもの》をシロップで煮《に》たものよ。」

カノンが言《い》った。

「はい、そうです。コンフィチュールはフルーツを砂糖《さとう》で煮《に》たもの。ジャムといっていいでしょう。」

クロエ先生《せんせい》が戸棚《とだな》からびんづめを出《だ》した。

「ピュレは果物《くだもの》をすりつぶしたもの。繊維《せんい》の多《おお》いものは裏《うら》ごしします。で、それに砂糖《さとう》をくわえて煮《に》つめたものが、マルムラードです。コンフィチュールよりサラサラしていますね。」

ややこしいぞ。わたしはノートをとるのに必死《ひっし》だ。

「ジュレって思《おも》いだしたぞ。たしか、ゼリーのことだ！」

渚《なぎさ》がうれしそうに言《い》った。

「では、作《つく》ってみましょう。星野《ほしの》さんは桃《もも》のコンポート、村木《むらき》さんはソルダムをピュレからマルムラードに、山本《やまもと》くんは、マンゴーのコンフィチュールを作《つく》りましょう。」

クロエ先生《せんせい》が分量《ぶんりょう》を書《か》いたレシピを配《くば》った。

みんなでちがうものを作《つく》りはじめた。おたがい分量《ぶんりょう》と手順《てじゅん》をたしかめ合《あ》った。生《なま》で食《た》べてもおいしいフルーツが、どんなふうに変化《へんか》するかな？

そして――。キッチンの中《なか》が甘《あま》くてすっぱくて、すばらしい香《かお》りにつつまれて、それぞれの加工品《かこうひん》が完成《かんせい》した。

「さぁ、おたがい試食《ししょく》をしましょう。」

クロエ先生《せんせい》がうれしそうに言《い》った。

「マンゴーを火《ひ》にかけて、色《いろ》が茶色《ちゃいろ》くなるかと思《おも》ったけど、キレイな黄色《きいろ》！　しかも、濃厚《のうこう》で香《かお》りもいい。マンゴー・コンフィチュール、最高《さいこう》！」

渚《なぎさ》がバクバク食《た》べてる。

「桃《もも》のコンポート、ちょっとピンク色《いろ》してるよ。」

カノンがおどろいてる。

「シロップを作《つく》っているとき、クロエ先生《せんせい》がザクロから作《つく》った赤《あか》いシロップを少《すこ》し入《い》れたの。それから桃《もも》を入《い》れたら、ほんのりピンク！」

わたしはワクワクして説明《せつめい》した。

「ソルダムって、わたしはじめてピュレにしたの。タネをとって、ハンドミキサーでくだいていて思《おも》ったの。これにシロップをくわえて、凍《こお》らせたら『グラニータ』になるよ。火《ひ》を通《とお》して『マルムラード』、そんで、とかしたゼラチンをくわえたら『ジュレ』ねっ！」

カノンが得意気《とくいげ》に言《い》った。

「村木《むらき》さん、そのとおりですよ。グラニータ、シチリアの冷《つめ》たいスイーツですね。」

☆すばるからみなさんへ☆

今回《こんかい》のレッスン、新《あたら》しい言葉《ことば》がたくさん出《で》てきたね。
『コンポート、コンフィチュール、ピュレ、マルムラード、ジュレ』
むずかしい言葉《ことば》だけれど、きちんと覚《おぼ》えるのもパティシエ修業《しゅぎょう》！
クロエ先生《せんせい》の説明《せつめい》をわすれないようにノートにまとめたんだ。
物語《ものがたり》を読《よ》んでいて、「あれ？」と思《おも》ったら、ここを読《よ》んでね。

コンポート

フルーツをまるごと、または大《おお》きめにカットして砂糖《さとう》で作《つく》ったシロップで煮《に》ること。フルーツの食感《しょっかん》や風味《ふうみ》が楽《たの》しめる。お菓子《かし》の材料《ざいりょう》に使《つか》ったり、そのままデザートにする。

※渚《なぎさ》のおばあさんが「いちじくの砂糖煮《さとうに》」を作《つく》ってくれたことがあったけど、コンポートだったのね。日本《にっぽん》にもある調理方法《ちょうりほうほう》だなんて、知《し》らなかったわ。

コンフィチュール

ジャムと同《おな》じと思《おも》ってよい。フルーツを砂糖《さとう》で煮《に》つめたもの。

※コンフィチュールのほうがジャムよりトロッとしているイメージだね。

ピュレ

生《なま》のままだったり加熱《かねつ》したフルーツを、すりつぶして裏《うら》ごししたもの。

※パパはお店《みせ》で野菜《やさい》をピュレにして、ポタージュスープやソースを作《つく》っているの。野菜《やさい》もピュレになるんだよ。

マルムラード

ピュレに砂糖《さとう》をくわえて煮《に》たもの。フルーツがつぶされているのでコンフィチュールよりサラッとしている。

※つまり、マルムラードもジャムの仲間《なかま》ってことだね。

ジュレ

ゼリーのこと。果汁《かじゅう》などに、とかしたゼラチンや寒天《かんてん》をくわえて冷《ひ》やし固《かた》めたもの。

※ジュレを使《つか》った料理《りょうり》もあるよ。コンソメをゼラチンで固《かた》めたコンソメジュレは、サラダや冷《つめ》たいスープのトッピングに使《つか》うとおいしいよ。

クロエ先生《せんせい》がルカに言《い》った。

「クロエ先生《せんせい》、黒《くろ》い森《もり》のケーキに使《つか》う『チェリークリーム』は、さくらんぼのコンポートを使《つか》うんですか？」

わたしは気《き》になっていたことをたずねた。

「そうですよ。酸味《さんみ》の強《つよ》い『サワーチェリー』という種類《しゅるい》のさくらんぼのシロップ漬《づ》けを使《つか》います。サワーチェリーを栽培《さいばい》している日本《にっぽん》の農園《のうえん》はとても少《すく》なく、手《て》に入《はい》りづらいの。コンテストでは輸入《ゆにゅう》されたびんづめを使《つか》いましょうね。」

クロエ先生《せんせい》はそう言《い》ってキレイなびんづめを出《だ》した。濃《こ》い赤《あか》むらさき色《いろ》だ。

「日本産《にほんさん》のさくらんぼの色《いろ》とぜんぜんちがう。」

「スーパーで売《う》ってるアメリカン・チェリーに似《に》てるな。」

カノンと渚《なぎさ》がしげしげと見《み》つめてる。

「では、黒《くろ》い森《もり》のチェリークリームを作《つく》ります。星野《ほしの》さん、片手《かたて》なべにシロップをうつして。村木《むらき》さん、美《うつく》しいチェリーを八こ選《えら》んでください。そして山本《やまもと》くん、グラニュー糖《とう》とコーンスターチの計量《けいりょう》です。」

休《やす》むひまなく、はじまった。シロップにグラニュー糖《とう》をくわえて煮《に》つめ、コーンスターチをくわえ、とろみがついたら完成《かんせい》だ。

「よく冷《さ》ましたら、丸口金《まるくちがね》をつけたしぼり袋《ぶくろ》へつめて使《つか》います。」

クロエ先生《せんせい》はそう言《い》って、なべを氷水《こおりみず》をはったボウルの中《なか》へ入《い》れた。チェリーをとりわけたのは、飾《かざ》りのためだって。

思《おも》ったよりかんたん、そして応用《おうよう》がきくレシピだ。これで『黒《くろ》い森《もり》のケーキ』の作《つく》り方《かた》をすべて習《なら》った。あとは、組《く》み立《た》ての練習《れんしゅう》と、デコレーションのアレンジだね。

「では、今日《きょう》のレッスンはここまで。」

クロエ先生《せんせい》が言《い》った。

「ありがとうございました！」

「ふーっ、つかれたけど、勉強《べんきょう》になったね。」

「わたし、フルーツの香《かお》りでいっぱいだ☆」

三人《にん》で大満足《だいまんぞく》でキッチンを出《で》た。と、そのとき……。

「あの……。おはなしが、あります。」

ルカの声《こえ》にハッとした。レッスンに夢中《むちゅう》になって、ルカのことをわすれてた。ピンク色《いろ》のほっぺで、わたしたちを見《み》つめている。ほったらかしにされて、おこっているのかな？　わたしはドキドキしながら、ルカの言葉《ことば》をまった。

3 ボクの決断《けつだん》「わがしやさんに、なりたい！」

クロエ先生《せんせい》、すばる、カノン、渚《なぎさ》――。みんながボクを見《み》つめている。

すごくドキドキしてきた。でも、言《い》わずにはいられないよ。だって、すばるたちのレッスンを見《み》ていたら、ガマンできなくなったんだもの。

スーッと息《いき》をすいこんで……。

「みなさんのように、おかしづくりを、ならいたいです。」

ついに、こころにしまっておいた言葉《ことば》を言《い》った。

すばる、カノン、渚《なぎさ》が目《め》をパチパチしてる。クロエ先生《せんせい》がやさしく見《み》つめている。

「なんだ、早《はや》く言《い》ってよ。いっしょに習《なら》おう。ねっ、クロエ先生《せんせい》！」

すばるがニコッとして言《い》った。

「ちがいます！　これを、みてください。」

ボクはカバンの中《なか》から、一冊《さつ》の本《ほん》を出《だ》した。

「和菓子《わがし》の本《ほん》だ。どうしたの、ルカ？」

カノンがおどろいてる。

「『つぶあん』がおいしくて。わがしをもっとしりたくて、ほんをかいました。」

四月《がつ》にはじめて日本《にっぽん》に来《き》たとき、カノンの家《いえ》の茶室《ちゃしつ》で食《た》べた和菓子《わがし》……。ホントおどろいた。まるいフワフワしたピンクと白《しろ》の中《なか》に、甘《あま》い豆《まめ》が入《はい》っていたの。

すごく、やさしい味《あじ》だった。

それから、『粒《つぶ》あん』をくわえて大変身《だいへんしん》したシチリアのドルチェ『カンノーリ』もおいしかった。

元気《げんき》のないマンマのために作《つく》ってくれて、ほんとうにうれしかった。

「ぼく、にっぽんのおかしづくりを、ならいたいです。」

ハッキリと宣言《せんげん》した。

「にっぽんのおかし……和菓子《わがし》ってこと!?」

すばるがビックリしてきいた。

「はい！　そしていつか、イタリアで『わがしやさん』をひらきたいです。」

ボクはこころの言葉《ことば》を、頭《あたま》の中《なか》で日本語《にほんご》にかえて話《はな》してる。ボクの気持《きも》ち、じょうずに伝《つた》わっているかな？

「ビックリした。そんなことを考《かんが》えていたんだ……。」

カノンが、ボクを見《み》つめてる。

「ボク、『おやかた』に、『わがしづくり』をならいたいです。すばるたちのように。」

「ルカ……。」

カノンがなんともいえない顔《かお》で、ボクを見《み》てる。

「萬年堂《まんねんどう》の親方《おやかた》のところへ行《い》きたいの？　よっしゃ、オレらもいっしょにお願《ねが》いするよ。」

渚《なぎさ》がキッパリと言《い》った。

「うん！　いつも『なにかあったら、いつでも相談《そうだん》にのるよ。』って言《い》ってくれるもんね。わたしたちに、まかせて！」

すばるがグッとボクの肩《かた》に手《て》をあてて言《い》った。

うれしすぎます。自分《じぶん》の気持《きも》ちを言《い》ってしまいました。そうしたら、すばる、カノン、渚《なぎさ》もよろこんでくれて、協力《きょうりょく》してくれる……。

「グラッツィエ、グラッツィエ、ありがとう！」

ボクは、うれしくてなんども言《い》った。

「ほんとうに、ふしぎです。こんなきもちになったの、はじめてです。どうひょうげんしたらいいんでしょう？」

自分《じぶん》の気持《きも》ちを日本語《にほんご》どころか、イタリア語《ご》でも言《い》いあらわせない。自分《じぶん》が、もどかしい。

「わかるよ、ルカ。体《からだ》の中《なか》に、キラキラしたものが入《はい》ったんだよね。」

すばるが言《い》った。

「きらきらしたもの？」

ボクは理解《りかい》できなくて、カノンを見《み》た。

「大好《だいす》きなもの、見《み》つけた！　って気持《きも》ち。」

「キラキラしたものが飛《と》びこむと、それを追《お》いかけたくなるんだ。」

渚《なぎさ》がまじめな顔《かお》で言《い》った。そう、そうなんだ。いままでボクに足《た》りなかった『キラキラしたもの』、それが日本《にっぽん》で見《み》つかったんだ。


すばるの家《いえ》へ帰《かえ》って、ひと晩《ばん》泊《と》まったボクは、次《つぎ》の日《ひ》東京《とうきょう》のホテルへ帰《かえ》った。

『キラキラしたもの』を手《て》に入《い》れるため、ボクはマンマと話《はな》し合《あ》ったよ。

そして今日《きょう》、これからボクは萬年堂《まんねんどう》さんへ行《い》くんだ。『親方《おやかた》』に『弟子《でし》』にしてもらうためにね！

「マンマは撮影《さつえい》で京都《きょうと》、ボクはS市《エスし》。しばらく会《あ》えないけど、がんばるね。」

ボクはマンマをギュッとして言《い》った。

「ルカ、マンマは『デシ』というものがわかりませんが、あなたを信《しん》じています。撮影《さつえい》に行《い》くまえに、車《くるま》でS市《エスし》まで送《おく》ります。マンマもごあいさつしましょう。ルカがお世話《せわ》になる『オヤカタ』という人《ひと》にね。」

マンマがやさしく言《い》った。

「それはダメ。映画《えいが》で見《み》たけど、弟子《でし》の生活《せいかつ》はきびしいんだ。甘《あま》えてはいけない。だから、電車《でんしゃ》に乗《の》っていくね。」

ボクはキッパリことわって、部屋《へや》を出《で》た。こころ細《ぼそ》いけれど皇子台駅《おうじだいえき》まで行《い》けば、すばるたちがまっている。

さぁ、出発《しゅっぱつ》！　今日《きょう》は記念《きねん》すべき日《ひ》になるぞ。

ゴミひとつ落《お》ちていない駅《えき》から、時刻表《じこくひょう》どおりに出発《しゅっぱつ》する電車《でんしゃ》に乗《の》った。ほんとうに魔法《まほう》のよう。毎日《まいにち》、同《おな》じ時間《じかん》を守《まも》っているなんて。イタリアじゃ、ありえないよ。

電車《でんしゃ》の中《なか》も快適《かいてき》だ。イスはフカフカ、車内《しゃない》はヒンヤリ。

窓《まど》の外《そと》も楽《たの》しいよ。ゴチャゴチャしたり、美《うつく》しくなったり。

なんておもしろい風景《ふうけい》だろう。

ボク、日本《にっぽん》がドンドン好《す》きになるよ。りっぱな和菓子屋《わがしや》さんになって、イタリアでお店《みせ》を出《だ》したい。粒《つぶ》あんをイタリアの人《ひと》たちに食《た》べてもらうんだ。

こころにちかって、ボクは皇子台駅《おうじだいえき》のホームにおりた。

「ルカ〜！」

カノンがボクを呼《よ》んでいる。すばると渚《なぎさ》もいる。

「どうしたの、大《おお》きなスーツケース持《も》って？」

すばるが目《め》をまるくしてる。

「きがえ、ハブラシ、ほん、スニーカー……。いろいろです。きょうからボクは『でし』になるんです。」

やる気満々《きまんまん》で答《こた》えた。

「着《き》がえって、まさか『萬年堂《まんねんどう》』に泊《と》まるつもり？」

すばるがたずねた。

「もちろん！『でし』は『おやかた』のそばにいて、てきからまもって、ぞうりをあたためるんです。」

ボクはキリッと答《こた》えた。渚《なぎさ》が、目《め》をまるくしてボクを見《み》ている。

「ちょっとまってよ、そんなこと、どこでおぼえたの？」

すばるがきいた。

「えいがです。『きのしたとうきちろう』をみました！」

胸《むね》をはって答《こた》えたんだけど、だれもほめてくれなかった。おかしいなぁ……。

「ルカ、もしかして、住《す》みこむつもり？」

カノンの質問《しつもん》に、ボクはうなずいた。

「『二学期《がっき》から、うちに泊《と》まったら？』って言《い》っても、『ノォ！』って言《い》ったのは、親方《おやかた》の家《いえ》から通《かよ》うつもりだったのか。あのね……。」

渚《なぎさ》がなにかを言《い》いかけたとき、ボクのポケットの中《なか》で、スマホがブルブルッとした。

「……あっ、ちょっとまって。」

「『オー、つばさ！　シィ、ありがとう！　チャオ。』つばさからでした。やさしいですね。あえないとき、でんわをくれるんです。」

ボクはみんなに報告《ほうこく》した。

「……へー、よかったじゃん。」

渚《なぎさ》はそう言《い》うと、スタスタと歩《ある》きだした。ボク、なにか悪《わる》いこと、言《い》ったかな？

「さぁ、行《い》こうか！」

すばるがポンッと、ボクの背中《せなか》をたたいて言《い》った。

いろいろなお店《みせ》がならぶ通《とお》りの中《なか》に『萬年堂《まんねんどう》』はあった。木造《もくぞう》の日本《にっぽん》らしい家《いえ》。入《い》り口《ぐち》にむらさき色《いろ》の布《ぬの》がかけてある——。

この布《ぬの》は、なに？　どうしたらいいのかわからず、渚《なぎさ》を見《み》た。

「これは『のれん』っていうんだ。のれんが外《そと》にかけてあるときは、お店《みせ》があいている。店《みせ》の中《なか》にしまってあるときは、お休《やす》みってことだよ。」

渚《なぎさ》は説明《せつめい》して、のれんを手《て》でよけてお店《みせ》の中《なか》へ入《はい》っていった。

ボクもまねして、後《あと》につづいた。はじめて入《はい》る和菓子屋《わがしや》さんにワクワクして、ボクがお店《みせ》の中《なか》をキョロキョロ見《み》ていたら……。

「いらっしゃいませ。」

女《おんな》の人《ひと》が奥《おく》から出《で》てきた。すばるが、親方《おやかた》の奥《おく》さんだと教《おし》えてくれた。すばるたちが奥《おく》さんと楽《たの》しそうに話《はな》して、ボクのことを紹介《しょうかい》してくれた。

「こんにちは、ボクはルカといいます。」

ハッキリとあいさつした。

店《みせ》の奥《おく》から男《おとこ》の人《ひと》が出《で》てきた。白《しろ》い小《ちい》さな帽子《ぼうし》をかぶり、着物《きもの》のような、はかまのようなものを着《き》ている。

「ルカ、親方《おやかた》だよ。」

すばるが耳《みみ》もとでささやいた。

「オーッ、このひとが、おやかた……。おもっていたひとと、ちがいます。おかしやさんなのに、やせていますね。」

ボクもすばるの耳《みみ》もとでささやいた。

「やぁ、菓子職人見習《かししょくにんみならい》いさんたち、いらっしゃい。今日《きょう》は友《とも》だちもいっしょなんだね。」

ボクを見《み》てニコッとした。よし、言《い》うぞ！

「まんねんどうのおやかた、はじめまして。ボクはルカともうします。イタリアからきました。……ボクを、『でし』にしてください。」

ホテルでなんども練習《れんしゅう》した言葉《ことば》を、思《おも》いきって言《い》った。

じょうずに言《い》えた。ペルフェット――かんぺきだ。

親方《おやかた》が目《め》をまるくして、ぼくを見《み》つめている。ぼくも親方《おやかた》を見《み》つめかえす。ぜったい、

目《め》をそらさないで、じっと――。

「おどろいたわ。『弟子《でし》』と言《い》ったの？」

奥《おく》さんがボクに声《こえ》をかけた。

「はいっ！『でし』です。おやかたのおかしをたべて、おかしがだいすきになりました。『でし』になりたいです。」

奥《おく》さんと親方《おやかた》が顔《かお》を見合《みあ》わせている。

「……うーん、イタリアの子《こ》が菓子《かし》に興味《きょうみ》を持《も》ってくれて、うれしいよ。だけど、『弟《で》子《し》』といきなり言《い》われても、こまったな。」

マンマ・ミーア……。

「親方《おやかた》、お願《ねが》いします。弟子《でし》がダメなら『弟子見習《でしみなら》い』でも！」

「お願《ねが》いします。」

「親方《おやかた》！」

すばる、カノン、渚《なぎさ》たちが、ボクのためにお願《ねが》いしてる。ありがとう！

「きみたちの気持《きも》ちはわかったけど……。」

親方《おやかた》が、ボクを見《み》てる。

「それはできないよ。」

ソレハデキナイ!?　そんな……。

頭《あたま》の中《なか》で、教会《きょうかい》の鐘《かね》がゴンゴン鳴《な》っている。

がっかりして、言葉《ことば》が見《み》つからない。

「理由《りゆう》はふたつ。ひとつ目《め》は、キミがまだ子《こ》どもだということ。ふたつ目《め》は、日本人《にほんじん》ではないからだよ。」

ボクから目《め》をはなさず、親方《おやかた》が言《い》った。

「そんなことを言《い》うなんて……。親方《おやかた》、それは差別《さべつ》です!」

すばるがおこってる。

「差別《さべつ》しているんじゃない。落《お》ちついてきいて……。」

親方《おやかた》がうでを組《く》んで、ボクを見《み》て言《い》った。

「菓子作《かしづく》りに必要《ひつよう》なものは『技術《ぎじゅつ》』、そして『日本《にっぽん》の季節《きせつ》や文化《ぶんか》を感《かん》じるこころ』。文化《ぶんか》のちがう外国《がいこく》の人《ひと》には、なかなか理解《りかい》できない。だから、ことわるんだよ。」

むずかしい言葉《ことば》がいっぱい。

いまのボクには、理解《りかい》できない。だけど、「ノォ！」と言《い》っているのは、わかる。

「ルカは日本語《にほんご》も勉強《べんきょう》して、和菓子《わがし》の本《ほん》も読《よ》んでいて、それにいいヤツで……。」

渚《なぎさ》が、いっぱいボクのことをほめてる。

「ルカくんがしんけんだってわかるから、かんたんに『わかった。』と言《い》えないんだよ。」

親方《おやかた》が、やさしく言《い》った。

あきらめる？　ううん、あきらめたくない！　ボクはイタリア人《じん》、一度《いちど》ことわられたくらいで、落《お》ちこまないよ、あきらめないよ。「弟子《でし》にする。」って言《い》ってもらうまで！

ボクは、両足《りょうあし》に力《ちから》をこめて思《おも》った。

「いっそのこと、テストをしたらどうかな？」

とつぜん、うしろから声《こえ》がきこえた。

ボクたちはおどろいて、ふりかえった。

背《せ》の高《たか》いおじさん、この人《ひと》はだれ？

「栗林《くりばやし》さん。いらっしゃいませ。」

親方《おやかた》がおじさんを見《み》て言《い》った。

「注文《ちゅうもん》したお菓子《かし》をいただきに来《き》たら、にぎやかだったんで、しばらくようすを見《み》ていたんだ。」

大人《おとな》がひとりふえた。

そして、三人《にん》でむずかしい顔《かお》して話《はな》し合《あ》っている。

日本人《にほんじん》って、ほんとうにややこしい。

ひと言《こと》ボクに、「いいよ、楽《たの》しくやりましょう。」と、言《い》ってくれればいいのに……。

「思《おも》いだした！　カリスマ・パティシエのケンゾー・クリバヤシよ！」

カノンがとつぜんさけんだ。

「失礼《しつれい》だぞ。大《おお》きな声《こえ》で。」

渚《なぎさ》がカノンを注意《ちゅうい》した。このごろ思《おも》うんだ。渚《なぎさ》は、礼儀《れいぎ》にうるさい男《おとこ》の子《こ》だ。

「テレビによく出《で》ている有名《ゆうめい》なパティシエさん。カノンは有名人《ゆうめいじん》が好《す》きなの。」

すばるが、ボクの耳《みみ》もとでささやいた。

「クリバヤシさん、わたし中目黒《なかめぐろ》のお店《みせ》へ行《い》きました。感動《かんどう》です、会《あ》えて。そして、ルカの力《ちから》になってくださってありがとうございます。」

カノンが目《め》をキラキラさせて、話《はな》しかけてる。

「力《ちから》になっているって？　……そんなつもりはないよ。ところで、君《きみ》たちは？」

クリバヤシさんがたずねた。

「ボクたちは、パティシエ見習《みなら》いです。」

渚《なぎさ》が胸《むね》をはって答《こた》えた。

「……もしかしたら『マダム・クロエ』に習《なら》っているの？　彼女《かのじょ》が子《こ》どもたちとケーキを作《つく》っていると、うわさをきいたが、ほんとうだったんだね。」

クリバヤシさんが言《い》った。

「そうです！　オレたち、うわさになっているんだ……。スゲーや。」

「かんげきです、カリスマ・パティシエに知《し》ってもらってるなんて……。」

すばるたちはすごくよろこんでいる。

けど、ボクは彼《かれ》の目《め》に冷《つめ》たい光《ひかり》を感《かん》じて、ハッとした。

でも、気《き》のせいだね。だって、みんながあんなによろこんでいるんだもん。

クリバヤシさんがお菓子《かし》を買《か》って帰《かえ》り、ボクたちはお店《みせ》の奥《おく》に通《とお》された。

ボクのテストがはじまるんだ。

たたみの上《うえ》で、じっとまつ。カノンの家《いえ》で『日本《にっぽん》の伝統文化《でんとうぶんか》』体験《たいけん》をしていて、よかった。だいじょうぶ、ボクは日本文化《にほんぶんか》を理解《りかい》しているんだ。

スッとふすまがあいて、親方《おやかた》が入《はい》ってきた。

「ルカくん、日本《にっぽん》の菓子《かし》を好《す》いてくれて、ありがとう。菓子職人《かししょくにん》になりたいと思《おも》う君《きみ》のこころ、ほんとうはすごくうれしいんだ。」

親方《おやかた》がボクの目《め》を見《み》つめて言《い》った。胸《むね》がドキドキしている。

「日本《にっぽん》の菓子《かし》は、菓子《かし》の名前《なまえ》である『菓銘《かめい》』がとても大切《たいせつ》なんだ。名前《なまえ》には『思《おも》い』がこめられているからね。」

ボクにわかるよう、ゆっくりと話《はな》している。親方《おやかた》のやさしさが、伝《つた》わってくる。

「これから出《だ》す菓子《かし》に『菓銘《かめい》』をつけてごらん。それが試験《しけん》だ。わたしの『思《おも》い』が伝《つた》わるかな?」

ボクは、うなずいた。ぜったい、親方《おやかた》の『思《おも》い』を感《かん》じるぞ！

奥《おく》さんが、お菓子《かし》を持《も》ってきた。

「どうぞ。」

目《め》の前《まえ》に白《しろ》い皿《さら》。四角《しかく》いお菓子《かし》だ。本《ほん》にのっていた『ようかん』に似《に》ているけど、もようが複雑《ふくざつ》……。なんて美《うつく》しいんだ。

よく観察《かんさつ》するぞ！　いちばん上《うえ》は透明《とうめい》だ。なにでできているのかな。その下《した》に、粒《つぶ》あんがパラパラとしていて、その下《した》はきれいな緑色《みどりいろ》。

よし、食《た》べるぞ！

黒文字《くろもじ》でスーッと切《き》った。

「いただきます。」

透《す》き通《とお》ったものは、甘《あま》さがうすい。でも、粒《つぶ》あんと緑色《みどりいろ》のものが甘《あま》いから、口《くち》の中《なか》でバランスがいい。

ああ、おいしい……。やさしい甘《あま》さ。口《くち》の中《なか》がしあわせでいっぱいだ。よーし、ぜったいいい名前《なまえ》をつけるぞ。目《め》をとじて、考《かんが》える、考《かんが》える。親方《おやかた》の思《おも》いを感《かん》じるぞ……。

あれ？　なにもうかばない。感《かん》じない!?

どれだけ時間《じかん》がたっただろう？　でも、親方《おやかた》がなにを思《おも》ってこの菓子《かし》を作《つく》ったか、わからない……。

「おいしい、きれい、それしか、わかりません……。」

ボクは、消《き》えちゃいそうな声《こえ》で答《こた》えた。

「これは『せせらぎ』という菓銘《かめい》だよ。」

親方《おやかた》が教《おし》えてくれた。

「せせらぎって、小川《おがわ》のこと。夏《なつ》の菓子《かし》なのよ。」

そばにいた奥《おく》さんが、わかりやすく説明《せつめい》してくれた。

「なつのおかしは、つめたいもの。そうじゃないの？」

ボクはまだ、わからない。これが、小川《おがわ》だって？

「ルカ、この透明《とうめい》なところで『水《みず》』をあらわしているんだよ。ホラ、表面《ひょうめん》にすじがついてる、『小川《おがわ》の水《みず》の流《なが》れ』よ。」

すばるが教《おし》えてくれた。これが、水《みず》！

「……そうか！　下《した》にあるパラパラとした粒《つぶ》あんは、川《かわ》の底《そこ》の小石《こいし》ね。」

カノンがうれしそう。

「こいし？」

ボクはカノンを見《み》た。

「水《みず》のいきおいで、川底《かわぞこ》の小石《こいし》を動《うご》かした……。すずしい景色《けしき》がうかぶわ。そうでしょう？」

親方《おやかた》が満足《まんぞく》そうに、うなずいた。

「ということは、緑《みどり》のあんは、水中《すいちゅう》の水草《みずくさ》だな。見《み》ていると、すずしくなるように作《つく》ってあるんですね。」

渚《なぎさ》がニコッとした。

こういうことなんだ。テストを受《う》けて、親方《おやかた》がことわった理由《りゆう》がわかった。

ボクがいっしょうけんめい考《かんが》えて、わからなかったことを、すばるたちはすぐに理解《りかい》した。

これが、日本《にっぽん》の文化《ぶんか》!?

「わたしは菓子《かし》を作《つく》るとき、季節《きせつ》を切《き》りとって形《かたち》にする。そして名前《なまえ》をつける。お客《きゃく》さまに、目《め》、耳《みみ》、舌《した》で味《あじ》わっていただくようにね。」

親方《おやかた》が説明《せつめい》した。『きせつを、きりとる』？

「おやかたの『おもい』が、わかりませんでした。いまのボクでは、『でし』になれない。それはわかりました。でも……。」

ボクは、ゆっくり言葉《ことば》を選《えら》んでる。だって、伝《つた》えたいんだ、ボクの『思《おも》い』を。

「でも、しけんをして、もっとわがしがスキになりました。あきらめたくありません。べんきょうします。また、きてもいいですか？」

「……こまったなぁ。」

親方《おやかた》が奥《おく》さんと顔《かお》を見合《みあ》わせて、つぶやいた。

「君《きみ》の目《め》を見《み》てたら、わたしも同《おな》じことを思《おも》ったよ。また、名前《なまえ》をつけにおいで。」

親方《おやかた》がやさしく言《い》った。

「はい、あしたきます！」

はりきって答《こた》えた。

「あら、明日来《あしたき》ても、意味《いみ》がありませんよ。今度《こんど》は八月七日《がつなのか》にいらっしゃい。菓子《かし》が、かわりますからね。」

奥《おく》さんが笑《わら》って言《い》った。

「ありがとうございます！」

すばるたちが、声《こえ》を合《あ》わせてお礼《れい》を言《い》った。

「グラッツィエ、ありがとうございます。ボク、がんばります。」

親方《おやかた》と奥《おく》さんが、ボクを見《み》つめてやさしくほほえんだ。親方《おやかた》の弟子《でし》には、すぐにはなれない。でも、いまのボクはとてもしあわせだ。夢《ゆめ》へつづく一歩《いっぽ》を、ふみだしたんだもの。

Passo《パッソ》 per《ペル》 passo《パッソ》 si《シ》 va《ヴァ》 lontano《ロンターノ》.

ふと、イタリア語《ご》のことわざがうかんだ。

このことわざ、日本語《にほんご》に訳《やく》すと……『千里《せんり》の道《みち》も一歩《いっぽ》から』っていうんだ。ねっ、いまのボクにピッタリでしょう。

萬年堂《まんねんどう》からの帰《かえ》り道《みち》、渚《なぎさ》がボクとならんで歩《ある》いてる。カノンとすばるは、おしゃべりしながら前《まえ》を歩《ある》いてる。

「今日《きょう》のルカ、すごいガッツあった。ほんとうに和菓子屋《わがしや》さんに、なりたいんだな。」

マジメな顔《かお》で、渚《なぎさ》が言《い》った。

「はい、……ボクがボクになるために、わがしやさんになりたいんです。」

こころの奥《おく》にしまってある『思《おも》い』を、言《い》った。

4　オレとルカとオレのじいちゃん

オレ、すごく、すごーく胸《むね》がギューッとなってる。

なんと言《い》ったらいいんだろう。

「ボクがボクになるために、わがしやさんになりたい。」

ルカのつぶやいた言葉《ことば》が、気《き》になってしかたない。だってさ、『ボクがボクになる』って、どういう意味《いみ》？　いまのルカは、ルカじゃないってこと？

「……もう、どうしたの？　なんども言《い》ってるのに、ボーッとして。」

すばるが、立《た》ち止《ど》まってオレに言《い》った。

「だから、ルカの『おつかれさま会《かい》』ってことで、これからうちで遊《あそ》ぼうって言《い》ってるの。」

村木《むらき》が楽《たの》しそうにさそった。

「ふたりともゴメン。オレ帰《かえ》る。ルカ、スーツケース持《も》ってるなら、オレんちに泊《と》まれよ。」

キッパリことわった。

「えーっ、まだ明《あか》るいし、遊《あそ》ぼうよ——。」

カナカナ……。カナカナカナ……。

村木《むらき》の不満《ふまん》そうな声《こえ》にかぶせるように、とつぜん、ひぐらしが鳴《な》きだした。

どこからともなくきこえてくる、夏休《なつやす》みの夕方《ゆうがた》の音《おと》。そして、なんの前触《まえぶ》れもなく、ひぐらしが鳴《な》きやんだ。オレ、この瞬間《しゅんかん》が好《す》きなんだ。なんか、切《せつ》なくてさ。

「今日《きょう》は、やっぱり帰《かえ》ろうか……。」

あんなにさそっていた村木《むらき》が、ポツンと言《い》った。

ほんの少《すこ》しすずしくなった道《みち》を、オレはルカと家《いえ》へ帰《かえ》った。

ゴロゴロゴロ……。アスファルトの上《うえ》をスーツケースを引《ひ》く音《おと》がひびいてる。

「ただいまー。じいちゃん、お客《きゃく》さんを連《つ》れてきたよ。」

あけはなたれたままの玄関《げんかん》で、声《こえ》をかけた。

「おかえりー。じいちゃん、ちょっと手《て》がはなせないんだー。」

奥《おく》からじいちゃんの声《こえ》だけきこえた。

「いまのは、じいちゃん。家族《かぞく》は、母《かあ》ちゃん、父《とう》ちゃん、妹《いもうと》の美砂《みさ》だよ。みんな、まだ帰《かえ》ってないみたいだけどな。」

スニーカーをぬぎながら、ルカに説明《せつめい》した。そういえば、ルカに自分《じぶん》の家族《かぞく》のことを話《はな》したことなかったな。

「えっと、妹《いもうと》の美砂《みさ》は八さい。今日《きょう》は学童《がくどう》の夏祭《なつまつ》りへ行《い》ってるよ。」

話《はな》しながら冷蔵庫《れいぞうこ》から麦茶《むぎちゃ》を出《だ》して、コップ三つに注《そそ》いだ。

「がくどーのなつまつり……?」

不思議《ふしぎ》そうな顔《かお》のルカを、じいちゃんのいる和室《わしつ》へ案内《あんない》した。

「じいちゃん、まえに話《はな》してたルカだよ。ルカ、オレのじいちゃんだよ。あっ、暑中見舞《しょちゅうみま》いを書《か》いてるんだ。」

オレははがきを見《み》て言《い》った。

「あぁ、『大暑《たいしょ》』をすぎて毎日《まいにち》ひどく暑《あつ》いから、『みんな元気《げんき》で』の気持《きも》ちをこめて書《か》いているんだよ。」

おいしそうに麦茶《むぎちゃ》を飲《の》んで言《い》った。

「暑中見舞《しょちゅうみま》いは『小暑《しょうしょ》』『大暑《たいしょ》』をすぎて『立秋《りっしゅう》』までに書《か》くんだよ。ほら、おととい大《たい》暑《しょ》だったろう。」

じいちゃんが暦《こよみ》を出《だ》して言《い》った。

「小暑《しょうしょ》、大暑《たいしょ》、立秋《りっしゅう》って？」

オレは、マジでわからない。

「本格的《ほんかくてき》に暑《あつ》くなるころを小暑《しょうしょ》。もっと暑《あつ》くなる時季《じき》が大暑《たいしょ》。立秋《りっしゅう》は、秋《あき》のはじまり。大《たい》暑《しょ》から立秋《りっしゅう》の時季《じき》が、一年《いちねん》でいちばん暑《あつ》いから、じいちゃんは、この時季《じき》に暑中見舞《しょちゅうみま》いを書《か》くんだ。」

じいちゃんが、まじめな顔《かお》で言《い》った。ルカに説明《せつめい》しようと思《おも》ったけど、むずかしくて、一回話《かいはなし》をきいただけじゃ、わからないや。

「ってか、秋《あき》なんてまだまだ先《さき》じゃん。九月《がつ》でもふつうに暑《あつ》いし……。」

「気温《きおん》だけ見《み》ていたら、そう思《おも》うだろう。だけど、暦《こよみ》を見《み》ていると、かすかな季節《きせつ》の変化《へんか》を感《かん》じるんだ。」

　そんなモンかなぁ。

　オレはペラペラとじいちゃんの『暦《こよみ》』をめくった。

「あれ、今年《ことし》の立秋《りっしゅう》って八月七日《がつなのか》なんだ？　夏休《なつやす》み真《ま》っ最中《さいちゅう》に『秋《あき》』だって。」

　オレはルカに言《い》った。

「にっぽんは、『なつ』のなかに『あき』があるの？」

　ルカが不思議《ふしぎ》そうにきいた。

「ルカくん、季節《きせつ》はいくつある？」

　じいちゃんがきいた。

「四つです。イタリアもにっぽんも。はる、なつ、あき、ふゆ！」

　はりきって答《こた》えてる。ちょっとカワイイな。

「日本《にっぽん》では二十四あるんだ。」

「んなわけ、ないでしょ！」

　オレはあせった。じいちゃん、ルカがイタリアから来《き》たからって、からかってるんだ。

立秋

「冗談《じょうだん》だぜ、ルカ。じいちゃん、もう──。」

オレはじいちゃんをにらんだ。

「ほんとうだって。お茶《ちゃ》やお花《はな》の先生《せんせい》、呉服屋《ごふくや》さん、いまでも、この『暦《こよみ》』を使《つか》う人《ひと》はいるんだぞ。萬年堂《まんねんどう》の迫田《さこた》くんは、これをもとに仕事《しごと》をしているし……。」

じいちゃんが、サラッと大切《たいせつ》なことを言《い》った。

「えっ!?　和菓子屋《わがしや》さんが、なんで?」

「そういえば、今日《きょう》は萬年堂《まんねんどう》へ行《い》ってたらしいね。なにしに行《い》ったんだ?」

じいちゃんがきいた。でも、それどころじゃない。オレ、気《き》がついた。

「季節《きせつ》を切《き》りとるために、この『暦《こよみ》』ってのが大切《たいせつ》なんだ。」

ルカに暦《こよみ》を見《み》せた。

「親方《おやかた》の奥《おく》さん、ルカになんて言《い》った?」

「はちがつなのかに、おかしがかわる、って……。」

その日《ひ》は立秋《りっしゅう》だ!?　親方《おやかた》は、秋《あき》のお菓子《かし》を作《つく》るんだ。

「ルカ、いいか?　次《つぎ》のテストのお菓子《かし》は、秋《あき》がテーマだぜ。」

じいちゃん、スゲー！

オレたちは、今日《きょう》のできごとを、ていねいにじいちゃんに話《はな》した。

なんだか、少《すこ》しだけ、ルカが前《まえ》に進《すす》んだ気《き》がした。

「なぎさ、じいちゃんさん、ありがとうございます。『こよみ』で、にっぽんのきせつをべんきょうします。」

ルカがうれしそうに言《い》った。

「季節《きせつ》はゆっくり進《すす》んでいる。ルカくんもゆっくりがんばりなさい。」

じいちゃんが言《い》った。

「渚《なぎさ》、じいちゃんのかわりに米《こめ》をといでおいてくれ。いろいろ話《はな》して『暑中見舞《しょちゅうみま》い』が進《すす》まなかったからな。」

ちぇーっ、なんだよ。今日《きょう》の『米当番《こめとうばん》』、じいちゃんなのに――。

うちの母《かあ》ちゃん、このごろ仕事《しごと》をはじめたんだ。いそがしい母《かあ》ちゃんのかわりに、夕食《ゆうしょく》のお米《こめ》をといでおく、それが『米当番《こめとうばん》』なんだ。

ジャッ、ジャッ、ジャッ……。

オレは台所《だいどころ》で米《こめ》をといでる。そばでルカがめずらしそうな顔《かお》をして見《み》ている。

「ごめんな、見《み》てのとおり、夕飯《ゆうはん》は米《こめ》だわ……。」

オレはルカにあやまった。

「ノォ、ノォ、コメはすきです。それに、なぎさのいえ、たのしいです。マンマのすきな『オヅヤスジロー』のえいがみたいですね。」

ルカが目《め》をキラキラさせてる。『おづやすじろう』の映画《えいが》は知《し》らないけど、よかった。

ご飯《はん》が炊《た》けたころ、母《かあ》ちゃんと美砂《みさ》が学童保育《がくどうほいく》の夏祭《なつまつ》りから帰《かえ》ってきた。

「なぎさのかあちゃんさん、みささん、はじめまして。ルカです。」

ルカがていねいにあいさつした。

母《かあ》ちゃん、とつぜんルカを連《つ》れてきておどろいていたけど、すぐに楽《たの》しそうに話《はな》しかけてた。

父《とう》ちゃんは出張《しゅっちょう》で留守《るす》なんで、今日《きょう》は五人《にん》で夕食《ゆうしょく》だ。おかずはトンカツとキャベツの千《せん》切《ぎ》り。そのほかオール和食《わしょく》。心配《しんぱい》したけど、ルカはおいしそうに食《た》べてた。

夕食《ゆうしょく》が終《お》わって、オレはルカを物干《ものほ》し場《ば》にさそった。

二階《かい》の物干《ものほ》し場《ば》は、上《のぼ》り下《お》りがめんどうって、母《かあ》ちゃんはめったに使《つか》わない。広《ひろ》くて、星《ほし》がよく見《み》える、オレのお気《き》に入《い》りの場所《ばしょ》なんだぜ。

ギシギシと板《いた》をきしませて、ふたりで物干《ものほ》し場《ば》へ上《あ》がった。

「なんか、ごめん。ゆっくり話《はな》したくて、さそったのに……。うちの家族《かぞく》、ルカを質問《しつもん》ぜめにして。」

星空《ほしぞら》の下《した》で、オレはルカに言《い》った。

「いいえ、たのしいです。イタリアのかぞくみたいに、おしゃべりですね。」

ルカの答《こた》えにホッとした。

「ここな、ただの物干《ものほ》し場《ば》じゃないんだぜ。大切《たいせつ》な友《とも》だちしか案内《あんない》しないんだ。」

オレは二年生《ねんせい》のクリスマスイブのことを思《おも》いだしながら言《い》った。親友《しんゆう》だったアイツが転《てん》校《こう》するまえの晩《ばん》、ここでふたりでクリスマスケーキを食《た》べたんだ。

ずっと友《とも》だちでいようって、ちかった思《おも》い出《で》の場所《ばしょ》さ。だから、ルカとここで話《はな》そうと思《おも》ったんだ。

「なぁルカ、親方《おやかた》の店《みせ》の帰《かえ》りに『ボクがボクになるために、わがしやさんになりたい。』って言《い》ってたよな。どういう意味《いみ》？」

オレは、こころに引《ひ》っかかっていたことをきいた。

スーッと息《いき》をすう、かすかな音《おと》がした。

「……ボクは、うまれたときから『えいがじょゆうダニエラのむすこ、ルカ』なんだ。」

ルカが話《はな》しはじめた。

「うん、ルカはダニエラさんの息子《むすこ》だもんな。ごうかな旅行《りょこう》や食事《しょくじ》をしたり、有名《ゆうめい》スポーツ選手《せんしゅ》や俳優《はいゆう》に会《あ》ったりするんだろう？　いいなぁ、超《ちょう》うらやましいぞ。」

素直《すなお》な気持《きも》ちを言《い》った。

「うん、たのしいこと、ぜいたくなこと、いっぱいしたよ。マンマのおかげ。でも、いつまでも『ダニエラのむすこのルカ』ではイヤなんです。」

ハッとした。有名人《ゆうめいじん》を母《はは》に持《も》つ、ルカの苦労《くろう》を考《かんが》えたことなかった。きっといいことばかりじゃなかったはず。

好《す》きなこと、やりたいこと、母親《ははおや》が有名人《ゆうめいじん》だからガマンしてたことが、いっぱいあったかもしれない……。

いろんなことが、頭《あたま》の中《なか》にうかんだ。

「ボク、ほんとうにわがしがすきなんだ。おやかたの『でし』になって、いつか、イタリアで『わがし』のみりょくをひろめるひとに、なりたいの。そして、『ダニエラのむすこルカ』が『わがしょくにんのルカ』になるんです。すばらしいでしょ？」

ルカが楽《たの》しそうに言《い》った。

「なんか、カッケー。ルカ、おまえって、すごくかっこいいな。」

オレは胸《むね》が熱《あつ》くなって、それ以上《いじょう》は言葉《ことば》にならなかった。

「ルカ、ガンバレ！　ぜったい、親方《おやかた》の弟子《でし》になれよ。」

力《ちから》いっぱい、はげました。

だけど、じいちゃんに教《おし》えてもらった、二十四ある季節《きせつ》、ルカはどうやって勉強《べんきょう》したらいいんだろう？

ギシギシッ……。うしろで板《いた》がきしんだ。

「ルカくんに、わたしたいものがあって――。」

じいちゃんだ。

「もう、いつからいたの？　おどろかさないでよ。」

オレはマジな会話《かいわ》をきかれて、ちょっとはずかしい。

「季節《きせつ》は少《すこ》しずつ変化《へんか》していく。昔《むかし》の日本人《にほんじん》は、その変化《へんか》を感《かん》じてきたんだ。いまはなかなか感《かん》じられないけどね。」

星空《ほしぞら》の下《した》、マジメな話《はなし》をはじめたぞ。

でも、そんなじいちゃん、オトコマエだ。

「渚《なぎさ》の言《い》う『チョーアツイ』日々《ひび》だって、ちゃんと秋《あき》へ進《すす》んでいるんだ。八月《がつ》の試験《しけん》まで、季節《きせつ》をさがして絵《え》にしてごらん。菓子《かし》の名前《なまえ》をつけるヒントになるかもしれないよ。」

そう言《い》って、小《ちい》さなスケッチブックをさしだした。

「ありがとうございます。なぎさ、これはボクの『わがししょくにんへの道《みち》』ですね！」

スケッチブックを見《み》つめて、ルカがうれしそうに言《い》った。

5　つばさ、コンテスト予選《よせん》を考《かんが》える

ごきげんよう、つばさです。あっというまに八月《がつ》です。

今日《きょう》ね、ようやく塾《じゅく》の『夏期特訓《かきとっくん》・前半戦《ぜんはんせん》』が終《お》わったの。

「うーん、つかれたぁ……。」

わたしは車《くるま》の助手席《じょしゅせき》で小《ちい》さくのびをした。

「がんばったわね、つばさちゃん。得意《とくい》じゃない社会《しゃかい》の実力《じつりょく》がついて、よかったわ！」

ママが塾《じゅく》からの『成績通信《せいせきつうしん》』を見《み》て、うれしそうに言《い》った。ママね、このごろ『マイナスの言葉《ことば》』を使《つか》うのをやめたんだって。

「つばさちゃんも、そうしましょうね。」

って言《い》うんだけど、ハッキリ言《い》ってめんどうくさい。

すごく売《う》れている『カリスマ受験《じゅけん》ママの３６５日《にち》』って本《ほん》に、〝合格運《ごうかくうん》が逃《に》げないよう

に、マイナスの言葉《ことば》は使《つか》いません。〟って書《か》いてあったんだって。なんだかんだ言《い》って、ママったら『はやりもの』に弱《よわ》いんだ。でもね、これってイライラしちゃうの。

キライ↓好《す》きじゃない、苦手《にがて》↓得意《とくい》じゃない、マズイ↓おいしくない……。ねっ、めんどうくさいでしょ！

この法則《ほうそく》でいくと、ケンカも迫力《はくりょく》なくなるね。

だって「ブスー、大《だい》っキライ！」は「かわいくない。好《す》きじゃない！」ってなる。やだ、いま「ちょっと引《ひ》いたわ。」って思《おも》った？　わたし、こんな言葉《ことば》でケンカしません！

あくまでも、たとえよ。

ママがハンドルを切《き》った。午後《ごご》の日《ひ》ざしがするどくわたしをてらした。

「まぶしいっ！」

思《おも》わず手《て》をかざした。

そう、いまは夏休《なつやす》みだっけ……。塾《じゅく》と家《いえ》の往復《おうふく》で、わすれてた。

明日《あした》は楽《たの》しみにしていた、ひさしぶりのお菓子《かし》のレッスン日《び》。

がんばらなくちゃ。『小学生《しょうがくせい》トップ・オブ・ザ・パティシエ・コンテスト』予選《よせん》を突破《とっぱ》して、決勝《けっしょう》へ進《すす》むんだ。ぜったいに進《すす》みたいんだ。

そして、次《つぎ》の日《ひ》――。

「つばさちゃん、お菓子《かし》の先生《せんせい》がお見《み》えよ～。」

ママが階段《かいだん》の下《した》から呼《よ》んでいる。わたしは読《よ》みかけの『フランス菓子《がし》の基礎技術《きそぎじゅつ》』をとじた。

エプロンを手《て》に部屋《へや》を出《で》ると、ママのしんけんな声《こえ》がきこえた。

「――先生《せんせい》、予選《よせん》のことですが、つばさがエントリーした関東地区《かんとうちく》が、いちばん応募《おうぼ》が多《おお》かったようですね。」

「はい、よくごぞんじですね。関東地区《かんとうちく》は応募人数《おうぼにんずう》がいちばん多《おお》かったので、調理台《ちょうりだい》の数《かず》が多《おお》い、うちの学校《がっこう》が会場《かいじょう》になったんですよ。」

わたしのお菓子《かし》の先生《せんせい》は、日本製菓学校《にほんせいかがっこう》の先生《せんせい》もしているの。ママがたのんで、個人《こじん》レッスンに来《き》てもらっているんだ。その先生《せんせい》の学校《がっこう》が、地区予選《ちくよせん》の会場《かいじょう》なんだ。なんか、

うれしいな☆

だけど、ママはなにを、気《き》にしているのかしら？

「先生《せんせい》、この大会《たいかい》の地区予選《ちくよせん》は、何《なん》か所《しょ》で行《おこな》われるのですか？」

ママの声《こえ》は、どんどんしんけんになっていく。

わたしは、ママたちの会話《かいわ》が気《き》になって、階段《かいだん》のおどり場《ば》で立《た》ち止《ど》まった。

「八か所《しょ》です。ほかは北海道《ほっかいどう》、東北《とうほく》、中部《ちゅうぶ》、近畿《きんき》、中国《ちゅうごく》、四国《しこく》、そして九州沖縄《きゅうしゅうおきなわ》です。」

先生《せんせい》が答《こた》えた。

「各地区《かくちく》からの予選通過人数《よせんつうかにんずう》は、同《おな》じでしょうか？　参加人数《さんかにんずう》にバラつきがあるのに、同《おな》じ人数《にんずう》を予選通過者《よせんつうかしゃ》として選《えら》ぶのは、明《あき》らかに……。」

ママの声《こえ》がホンキ・モードだ。

「参加人数《さんかにんずう》が多《おお》いブロックは、不利《ふり》だと心配《しんぱい》なさっているのですか？　だいじょうぶです。各地区《かくちく》から選《えら》ばれる人数《にんずう》に決《き》まりはないときいてます。全国《ぜんこく》の予選会場《よせんかいじょう》で審査員《しんさいん》たちが、点数《てんすう》をつけます。実力《じつりょく》があると判断《はんだん》された人《ひと》が、決勝《けっしょう》に進出《しんしゅつ》します。」

先生《せんせい》もだんだんママのペースにまきこまれているみたい。声《こえ》がしんけんになってる。

ふーん、点数《てんすう》つけるのか……。点数《てんすう》をとるの、わたし得意《とくい》だな。うれしくなってきた。

「で、先生《せんせい》。審査基準《しんさきじゅん》は？　ごぞんじでしたら、ぜひ……。」

ママったら、なにをききだそうとしているの!?　これって、ズルイことじゃない。胸《むね》がドキドキしてきた。

「つばさちゃんのためよ。」って言《い》って、いつもがんばるママ。がんばりすぎるママ。うれしいけれど、このごろそれが、はずかしくて……。ママのがんばりを「止《と》めたい」って思《おも》うことが、ふえたんだ。

「おまたせしましたー！　先生《せんせい》、よろしくお願《ねが》いします☆」

わたしはわざとバタバタと階段《かいだん》をおり、ニコッと笑《わら》って先生《せんせい》とママの間《あいだ》に入《はい》った。

「つばささん……。では、キッチンへ行《い》きましょう。」

先生《せんせい》が、ホッとした顔《かお》をした。さぁ、コンテストに向《む》けて、動《うご》きはじめるぞ！

わたしがエントリーしたケーキは、タルト。タルトってね、クッキー生地《きじ》で作《つく》った器《うつわ》の中《なか》にフルーツやチョコレート、ナッツ、クリームなどをつめたものなの。

「では、応募《おうぼ》したレシピの復習《ふくしゅう》をしましょう。ノートを開《ひら》いてください。」

先生《せんせい》が言《い》った。

わたしのレシピは、アプリコット・タルト。タルトの器《うつわ》の中《なか》にバターとグラニュー糖《とう》とアーモンドの粉《こな》で作《つく》った生地《きじ》をつめ、アプリコット・コンポートをならべて、オーブンで焼《や》くんだ。

ポイントは、アプリコットを焼《や》くってところ。

美《うつく》しいオレンジ色《いろ》を生《い》かすように、カスタードクリームをしいて、アプリコットを飾《かざ》る。それでは、ふつうでしょ。アプリコットを焼《や》くことで、水分《すいぶん》が飛《と》び、味《あじ》がギュッと濃《こ》くなるんだ。

「予選《よせん》が来月《らいげつ》にせまってきました。今日《きょう》はデコレーションについて考《かんが》えましょう。つばささん、考《かんが》えているアイディアはありますか？」

先生《せんせい》がたずねた。

「はい、ためしてみたいデコレーションがあるんです。」

答《こた》えながら、ノートを出《だ》した。

「『アイシング』ですね。」

先生《せんせい》がわたしのデザイン画をていねいに見《み》ている。アイシングって、粉砂糖《こなざとう》と卵白《らんぱく》を合《あ》わせて、色《いろ》をつけたもの。小《ちい》さなしぼり袋《ぶくろ》につめて、お花《はな》、レースもよう、いろんなモチーフをかくデコレーションの技法《ぎほう》なんだよ。

「どうですか？」

わたしは、先生《せんせい》の答《こた》えをまった。

「よく考《かんが》えてありますね。ふくざつな部分《ぶぶん》はパーツにわければできるでしょう。でも、どうして、アイシングに？」

「わたしらしいデコレーションがアイシングだと考《かんが》えました。クリームやフルーツは、ありきたりです。ほかの人《ひと》とかぶらないデザインでタルトを飾《かざ》りたいです。」

キッパリと答《こた》えた。

これは、わたしの作戦《さくせん》なんだ。ケーキ作《づく》りの技術《ぎじゅつ》は、くやしいけど『パティシエ見習《みなら》い』をしている、すばるちゃんたちに負《ま》ける。

それなら、目立《めだ》つことをしないと審査員《しんさいん》にみとめてもらえないもの。アイシング技術《ぎじゅつ》を練習《れんしゅう》して、ふくざつなもようをかくつもり。『夏期特訓《かきとっくん》・後半戦《こうはんせん》』がはじまっても、練習《れんしゅう》する時間《じかん》は作《つく》れるもの。

わたし、ぜったいに決勝《けっしょう》に進《すす》みたい。そして、優勝《ゆうしょう》したい。いちばんになりたいの。

そうなったら、ママに言《い》える。こころの中《なか》にしまっていた、ずっと言《い》えなかったこと、それは……。

「わたし、世界《せかい》でかつやくするパティシエに、なりたい。」

いちばんになったら、思《おも》いきって言《い》おう。すばるちゃんたちと、同《おな》じ夢《ゆめ》。でもちがう夢《ゆめ》。わたしは、外国《がいこく》でパティシエになりたいんだ。パリ、ニューヨーク、ウィーン、ロンドン、ローマ。どこにしよう？　考《かんが》えただけで、ワクワクするね。

そういえば、みんなとしばらく会《あ》っていないな。

ルカくんとは、スマホでつながってるけど……。すばるちゃん、カノンちゃん、渚《なぎさ》くん、毎日《まいにち》はりきっているだろうな。

わたしが夏期特訓《かきとっくん》に行《い》っている間《あいだ》に、ケーキ作《づく》りの練習《れんしゅう》をいっぱいしているだろうな。

頭《あたま》の中《なか》で、いろんな思《おも》いがグルグルしてる。

Paris
New YORK
LONDON

「それでは、手順《てじゅん》の構成《こうせい》を、少《すこ》し変《か》えたほうがいいでしょう。つばささん！　いいですか？」

いけない、考《かんが》えこんでた。レッスンに集中《しゅうちゅう》して、がんばらなくちゃ！

「はい、よろしくお願《ねが》いします。」

わたしはキリッと答《こた》えた。

6　八月七日《がつなのか》のわたしとすばる

「暑《あつ》いぃー！　暑《あつ》くて集中《しゅうちゅう》できないぃー！」

わたしは、お部屋《へや》のまんなかで、さけんだ。なんでわたしの部屋《へや》はせんぷう機《き》しかないの？

ケーキのデコレーションを考《かんが》えているんだけど、暑《あつ》くて集中《しゅうちゅう》できないよ。

イメージを絵《え》にかいた。いろんなアイディアをノートにまとめた。けれど、なんていうのかなぁ――。ピタッとひとつにまとまらない。

お客《きゃく》さまのケーキは、注文《ちゅうもん》にピタッと合《あ》うよう、考《かんが》えて作《つく》ってた。それが自分《じぶん》のケーキとなると、ピタッとまとまらない。

それにね、お客《きゃく》さまのケーキを考《かんが》えるときは、すばると渚《なぎさ》がいる。やさしく見守《みまも》ってくれるクロエ先生《せんせい》がいる。

あたりまえのことだけど、コンテストのケーキは、自分《じぶん》ひとりで作《つく》らないといけない。

なやんでいるうちに、あっというまに七月《がつ》が終《お》わって、八月《がつ》になって……。

今日《きょう》はもう七日《なのか》だよ。クロエ先生《せんせい》のキッチンへ通《かよ》って、飾《かざ》りのクリームしぼりとフルーツカット、細《こま》かな部分《ぶぶん》の練習《れんしゅう》はしているんだけど……。

ケーキ全体《ぜんたい》のデザインが決《き》まらない。フルーツ、クリーム、スポンジケーキ、組《く》み合《あ》わせを考《かんが》えすぎて、わけがわからなくなってる。

フーッ……。こんなときは、クールダウン☆　頭《あたま》を、冷《ひ》やしに行《い》こう。

「ママー、すばるんちへ行《い》ってくる！」

わたしはアイディアを書《か》いたノートを持《も》って、家《いえ》を出《で》た。

自転車《じてんしゃ》が太陽《たいよう》の熱《ねつ》で、アツアツになってる。空《そら》を見上《みあ》げたら、大《おお》きな白《しろ》い雲《くも》が出《で》ていた。つばさちゃんのママの、白《しろ》い車《くるま》みたいな形《かたち》！

そういえば、つばさちゃん、どうしているのかな？

塾《じゅく》の夏期特訓《かきとっくん》でいそがしいからって、あんまり会《あ》ってない。

きっとコンテストのケーキもバッチリ練習《れんしゅう》しているんだろうな。自信満々《じしんまんまん》の顔《かお》を思《おも》いうかべたら、くやしくなってきた。

「よーし、がんばるぞー。」

わたしは、グイッとペダルをふみこんだ。


すばるの家《いえ》についていて、ビックリした。『洋食《ようしょく》 スプーンとフォーク』の前《まえ》がにぎやかになってる。おかしいな、いまはお店《みせ》の昼休《ひるやす》み時間《じかん》のはず――。

あーっ、みんなが手《て》にしている、アレはアレだ！ わたしは自転車《じてんしゃ》を止《と》めて、いそいでお店《みせ》に走《はし》った。

お店《みせ》のドアに手《て》をかけた。

――ガツン！

ドアにかぎがかかってる。やっぱり、お店《みせ》は昼休《ひるやす》み？

「カノンー、こっち、こっち！」

窓《まど》から、すばるが顔《かお》を出《だ》した。あけはなした窓《まど》の前《まえ》に、看板《かんばん》がかかってる。

『暑《あつ》い夏《なつ》にイタリア・シチリアのひんやりスイーツ・グラニータ&《アンド》ブリオッシュ』

「すばる、これって……。お持《も》ち帰《かえ》りのサービスをはじめたの？」

窓《まど》から中《なか》をのぞいて、すぐわかった。道《みち》に面《めん》している窓《まど》ぎわのテーブルがはずされ、かわりに細長《ほそなが》いカウンターがおかれてる。

「そうなんだ。ランチタイムが終《お》わった二時《じ》から四時《じ》まで限定《げんてい》の『グラニータ&《アンド》ブリオッシュ』のテイクアウトだよ。」

びっくりした。ちょっと会《あ》っていない間《あいだ》に、こんなことになってるなんて。

「すごくステキ。お客《きゃく》さまもいっぱいじゃない。」

わたしはすばるに言《い》った。

「暑《あつ》くてランチのお客《きゃく》さまが少《すく》ないから、テイクアウトをすることにしたんだ。」

すばるのパパが説明《せつめい》してくれた。うれしそうな顔《かお》は、ひょうばんがいいからだろうな。

「お手伝《てつだ》いしているのに悪《わる》いけど、コンテストのケーキ、うまくまとまらないの。いっしょに考《かんが》えてくれる？」

わたしのお願《ねが》いに、すばるが力強《ちからづよ》くうなずいた。

お店《みせ》の中《なか》を通《とお》って、おうちにつながるドアをくぐってリビングへ。わたしはカバンの中《なか》からノートを出《だ》した。

すばるは、だまってページをめくった。

自分《じぶん》でかいたケーキのデザイン、ステキと思《おも》うお洋服《ようふく》や花《はな》の絵《え》。雑誌《ざっし》や本《ほん》の中《なか》のケーキ作《づく》りの記事《きじ》のメモ。それから、キレイでカワイイって思《おも》うケーキ屋《や》さんの切《き》りぬき……。デコレーションのアイディアに役立《やくだ》ちそうなものを、いっしょうけんめい集《あつ》めたんだ。

それを、すばるがしんけんに見《み》てる。

自分《じぶん》でわたしたのに、だんだんはずかしくなってきた。自分《じぶん》の頭《あたま》の中《なか》を、のぞかれているようで、ムズムズしてきた。

「やっぱ、見《み》ないで！」

ノートを両手《りょうて》でかくした。すると……。

「すごいわ、このノート、カノンだ！」

すばるが目《め》をキラキラさせて言《い》った。

「そりゃそうよ。わたしのスキなものを集《あつ》めたんだもの。」

わたしは、すばるを見《み》た。

「ノートを見《み》てばかりいるから、考《かんが》えがまとまらないんだよ。目《め》をとじてエントリー・レシピのケーキを思《おも》いうかべてみて！」

すばるが言《い》った。

「うん、わかった……。」

返事《へんじ》をして目《め》をとじた。

わたしのケーキは、デコレーションケーキ。バラの飾《かざ》りしぼりで勝負《しょうぶ》したいから、『バタークリームケーキ』を作《つく》るんだ。

でね、このまえのレッスンで勉強《べんきょう》した『フルーツの加工《かこう》』を、アレンジにプラスしようとしてるんだけど、うまくまとまらないの。

「……いま思《おも》いうかべたケーキは、ファッションにたとえると、どんな感《かん》じ？」

すばるがおもしろいことをきいた。

「うーん、デコレーションケーキって、ワンピースのイメージね。」

「そのワンピースって、なに色《いろ》?」

「ピンクがいいな。そうね、かわいいあかちゃんのほっぺの色《いろ》、ベビーピンク☆　そうだ、ピンクのケーキにしよう!」

わたしは、自分《じぶん》のアイディアにドキドキしてきた。

「いいねー。ってことは、クリームに色《いろ》をつけるのね。……色《いろ》づけに赤《あか》いフルーツのピュレを使《つか》ったら?」

すばるがアイディアを出《だ》した。

「なんていい考《かんが》え!　いちごかフランボワーズのピュレを使《つか》って、ためしてみる。」

わたしはウキウキして言《い》った。ベビーピンク色《いろ》のケーキの上《うえ》に、白《しろ》いバラの飾《かざ》りしぼりって、すごくステキだ。

「そのとなりに、ちがう種類《しゅるい》のバラがあったら、もっといいのにね。」

すばるが言《い》った。

「ちがうバラね……。あぁ、コンポートだ!」

わたしはビビッとアイディアがうかんで、すばるを見《み》た。

「コンポート？　フルーツをシロップで煮《に》る、アレ？」

すばるが、不思議《ふしぎ》そうな顔《かお》をしてる。

「うんっ！　桃《もも》はやわらかいから、リンゴにしよう。コンポートしたらスライスして、花《はな》びらを作《つく》るの。それを組《く》み立《た》てたらバラができないかな？」

わたしは自分《じぶん》のアイディアを夢中《むちゅう》で説明《せつめい》した。

「カノン、すごいよ……。」

すばるが目《め》をキラキラさせて言《い》った。

「ううん、すばるのおかげ。ふたりで話《はな》していたら、アイディアがまとまったの。さっそく試作《しさく》をしなくちゃ……。」

うれしい！　すごい！

ふたりで話《はな》していると、頭《あたま》の中《なか》でちらかっていたものが、まとまっていく。自分《じぶん》のために作《つく》る、自分《じぶん》のケーキだ。それができるのが、コンテストだ。

「なんか、コンテストって楽《たの》しい！」

「うんっ！」

わたしたちは顔《かお》を見合《みあ》わせた。

すばるのおかげで、アレンジのアイディアがまとまった。

「ありがとう。今度《こんど》は、すばるの番《ばん》だね。なんでも言《い》って。手伝《てつだ》うよ。」

わたしは力《ちから》をこめて言《い》った。ライバルだけど、親友《しんゆう》。こういう関係《かんけい》を、たしか『せっさたくま』っていうんだよね。漢字《かんじ》は、知《し》らないけれど。

「カノン、わたし、こころに決《き》めているんだ。」

すばるがしんけんな顔《かお》で言《い》った。

「うん、なに？」

「わたし、『黒《くろ》い森《もり》のケーキ』のデコレーションのアレンジはしない。」

「うそっ！」

おどろいた。予選《よせん》の通知《つうち》に書《か》いてあった。エントリー・レシピに新《あたら》しいアイディアをくわえることをかんげいします、って。

「みんな考《かんが》えているはずだよ。審査員《しんさいん》の人《ひと》たちがガッカリして、予選落《よせんお》ちしたら、どうするの。いいの？」

すばるの考《かんが》えていることがわからなくて、キツイ言葉《ことば》を言《い》っちゃった。

「そんなことない。『黒《くろ》い森《もり》のケーキをマスターしたら、すばらしいパティシエになれる』んだもん。」

すばるが、わたしを見《み》て言《い》った。

「でも……。」

「この言葉《ことば》がずっと頭《あたま》からはなれないんだ。だから、黒《くろ》い森《もり》のケーキを作《つく》って、たしかめたいの。」

ハッキリとした声《こえ》に、すばるの決意《けつい》を感《かん》じた。

7　同《おな》じ日《ひ》のオレとルカ

物干《ものほ》し場《ば》で『スケッチブック』をわたしてから、オレのじいちゃんとルカは、とても仲《なか》よくなった。

でさ、おどろくことに、ルカが引《ひ》っ越《こ》してきたんだ。

我《わ》が家《や》にルカがいるんだぜ！

すばるたちと心配《しんぱい》していた『二学期《がっき》から学校《がっこう》へどうやって通《かよ》うの問題《もんだい》』、めでたく解《かい》決《けっ》！　山本家《やまもとけ》から、皇子台小《おうじだいしょう》へ通《かよ》うことになったんだよ。

スゲー急展開《きゅうてんかい》！

じいちゃんが父《とう》ちゃんと母《かあ》ちゃんを説得《せっとく》して、ルカがダニエラさんに話《はな》して、あっというまに決《き》まったんだ。

そうそう、ダニエラさんがうちにあいさつに来《き》たんだけど、父《とう》ちゃん、『有給休暇《ゆうきゅうきゅうか》』をとって、会社休《かいしゃやす》んでまってたんだぜ。物置《ものおき》になっていた奥《おく》の四畳半《じょうはん》の部屋《へや》、もと大工《だいく》のじいちゃんが改装《かいそう》してさ、あっというまにルカの部屋《へや》になったんだ。

「おはよう、ルカ〜。」

「おー、みさ。おはようございます。きょうもかわいいですね。」

「ぐらっつぃえ、るか。ルカもかっこいいよ。」

洗面所《せんめんじょ》で妹《いもうと》の美砂《みさ》とルカが話《はな》してる。なれとはおそろしい。はじめはモジモジしていた美砂《みさ》なのに、毎朝《まいあさ》こうなんだぜ。

美砂《みさ》はルカが来《き》てから、積極的《せっきょくてき》になってきた。オレとじいちゃんでしている『米当番《こめとうばん》』メンバーになったんだ。

オレ、めっちゃ助《たす》かる。だってコンテストの準備《じゅんび》でいそがしいからね。エントリー・レシピのアレンジが、イマイチなんだ。もちろん、アイディアはあるぜ。クロエ先生《せんせい》のキッチンで、いろいろ巻《ま》いてみた。でも、ピタッとこないんだ。考《かんが》えすぎかなぁ……。

「クロエ先生《せんせい》に考《かんが》えてもらったら?」って思《おも》った!?

そんなこと、できるわけないじゃん。相談《そうだん》はするけど、考《かんが》えてもらうなんてルール違《い》反《はん》！

ってか、それで優勝《ゆうしょう》したって、つまらないよ。自分《じぶん》で勝《か》ちとらないと！

いままでクロエ先生《せんせい》に教《おし》えてもらったこと、自分《じぶん》で勉強《べんきょう》したことを、ギュッと巻《ま》いて最《さい》高《こう》のロールケーキを作《つく》りたいんだ。

コンテストに応募《おうぼ》したからには、一位《い》をめざす。

見《み》えないライバルだけじゃない。すばる、村木《むらき》、それに、つばさちゃんにだって負《ま》けたくない。

コンテストの優勝《ゆうしょう》は、パティシエになる近道《ちかみち》だと思《おも》うからさ。

それからもうひとつ理由《りゆう》があるんだ。コンテストでいちばんになったら、取材《しゅざい》されるんだぜ。応募用紙《おうぼようし》に書《か》いてあった。

【優勝者《ゆうしょうしゃ》、入賞者《にゅうしょうしゃ》は全国小学生新聞《ぜんこくしょうがくせいしんぶん》に掲載《けいさい》されます。】って。

オレ、新聞《しんぶん》にのりたいんだ。

二年生《ねんせい》のときに転校《てんこう》したアイツ。親友《しんゆう》のアイツに会《あ》いたいから……。

引《ひ》っ越《こ》し先《さき》に手紙《てがみ》を出《だ》しても、もどってきてしまうんだ。いまはどこにいるの？

オレが新聞《しんぶん》に出《で》たら、アイツ、見《み》てくれるかもしれないじゃん。

そしたら、連絡《れんらく》が来《く》るかもしれないじゃん。だけど、アレンジがまとまらない。

八月《がつ》になって七日《なのか》もたったのに、まだなやんでるんだ。

「なぎさー、きょうは『りっしゅう』です。おやかたのところへ、いってきます。」

はりきってルカが出《で》かけた。

よーし、オレだって！

「できる、できる、ぜったいできる！　今日《きょう》じゅうにロールケーキのアイディアができるぞ！」

おなかにグッと力《ちから》を入《い》れて、自分《じぶん》に言《い》いきかせた。

エントリー・レシピのロールケーキでいちばんこだわったのは、しっとりと焼《や》きあげたスポンジケーキだ。そのスポンジで、きざんだミルクチョコレートをまぜたホイップクリームを巻《ま》く。

デコレーションは表面《ひょうめん》をチョコレートクリームでナッペし、ココアパウダーをふる。飾《かざ》りはシンプルに、アメの中《なか》にローストアーモンドを入《い》れて煮《に》つめたキャラメリゼ・ナッツだけだ。

コンテスト参加者《さんかしゃ》は、女子《じょし》が多《おお》い。

だからデコレーションの色使《いろづか》いを茶色《ちゃいろ》でまとめたんだ。ぎゃくに目立《めだ》つと思《おも》ってね。いいデザインだと思《おも》う。

アレンジするとしたら、どこだろう？

オレは自分《じぶん》のエントリー・レシピのコピーを見《み》ながら、考《かんが》えた。

おでこからツーッと汗《あせ》が流《なが》れてきた。冷《つめ》たい麦茶《むぎちゃ》を、ひと口《くち》飲《の》んだ。

「うー、うまい……。」

ルカは「いろとあじが、じみです。」とか言《い》って飲《の》まないけれど。茶色《ちゃいろ》って地味《じみ》かな？　全体《ぜんたい》が茶色《ちゃいろ》のオレのケーキ。『渋《しぶ》くて大人《おとな》っぽい』つもりだけど、『地味《じみ》』かな？　審査員《しんさいん》の人《ひと》たちは、どう思《おも》うだろう。

そうか！　ここがアレンジのポイントだ。『地味《じみ》と見《み》せかけての派手《はで》』ってアイディアはどうだろう？　ヤバイ、すごくいい考《かんが》えが生《う》まれたぞ。

オレはエントリー・レシピのコピーに、いそいでアイディアを書《か》きくわえた。

カナカナカナ……カナカナカナカナ……。

ひぐらしが鳴《な》きはじめた。おどろいた、オレほんとうに集中《しゅうちゅう》していたんだ。もうすぐ夕《ゆう》方《がた》だ。

えんがわに出《で》て、グーンと背《せ》のびをした。

じいちゃんの言《い》うとおり少《すこ》しずつ、季節《きせつ》は動《うご》いている。

夕方《ゆうがた》の空気《くうき》、すずしくなってるぜ。

ルカ、まだかな？

「ひとりでいきます！」なんて言《い》って、はりきって萬年堂《まんねんどう》の親方《おやかた》のところへ出《で》かけたけど、まだ帰《かえ》ってこない。

もしかして、つばさちゃんち へ行《い》ってるのかも。

最初《さいしょ》にホームステイしたのは、つばさちゃんちだったし、ふたりはスマホ持《も》っているし……。オレも行《い》ってみよう。つばさちゃんのケーキも気《き》になるし……。バタバタとしたくして、玄関《げんかん》へ走《はし》ったら——。

「ただいまー！」

ルカが元気《げんき》に帰《かえ》ってきた。あーぁ、なんだよ、タイミング悪《わる》いなぁ。

8　カーロ・マンマ　ルカからマンマへの手紙《てがみ》

カーロ・マンマ。（愛《あい》するマンマへ。）

映画《えいが》の撮影《さつえい》は、順調《じゅんちょう》ですか？　ボクは毎日楽《まいにちたの》しくすごしています。

夏休《なつやす》みは、いろいろ経験《けいけん》して、あっというまにすぎていきました。

とくにすばらしいことは、渚《なぎさ》の『じいちゃん』さんから、小《ちい》さなスケッチブックをもらったことです。

和菓子《わがし》の世界《せかい》は、季節《きせつ》や文化《ぶんか》を大切《たいせつ》にしています。絵《え》をかくのは、『日本《にっぽん》の季節《きせつ》』を感《かん》じるのに、とても役立《やくだ》ちます。

ボクが絵《え》をかくなんて、ビックリでしょ。かきたいものをよく見《み》て、写《うつ》す。じっと見《み》つめることは、とても勉強《べんきょう》になります。

たとえば、ボクが日本《にっぽん》で大好《だいす》きになった花《はな》、『朝顔《あさがお》』です。渚《なぎさ》の家《いえ》では強《つよ》い日《ひ》ざしを朝《あさ》顔《がお》で遮断《しゃだん》しています。まるでカーテンのように。

スケッチブックをもらったばかりの七月《がつ》は、大《おお》きくて青《あお》いまるい花《はな》が、たくさんさいていました。

毎日朝顔《まいにちあさがお》をかいていると、少《すこ》しずつようすが変《か》わってくるのに気《き》づきました。じょうずに説明《せつめい》できないけれど……。それが楽《たの》しくて、いっぱい絵《え》をかいています。

次《つぎ》に学校《がっこう》のことをお知《し》らせします。九月一日《がついたち》から、学校《がっこう》がはじまりました。

まだ、はじまったばかりですが、日本《にっぽん》の小学校《しょうがっこう》には不思議《ふしぎ》に思《おも》うことが、たくさんあります。

映画《えいが》や本《ほん》で勉強《べんきょう》していたけれど、実際《じっさい》に来《き》てみると、おどろくことばかりです。

いちばんはじめにおどろいたことは、生徒《せいと》が『自分《じぶん》の力《ちから》で学校《がっこう》へ通《かよ》う』ことです。

マンマは、渚《なぎさ》の家《いえ》の大人《おとな》が、ボクを学校《がっこう》へ送《おく》ってくれると思《おも》っていたでしょう？　ちがいました。子《こ》どもたちだけで、歩《ある》いていくんです。八さいの美砂《みさ》まで！

たくさんの生徒《せいと》が、ゾロゾロと学校《がっこう》をめざして歩《ある》いているようすを、見《み》てほしいです。とても不思議《ふしぎ》な景色《けしき》です。

勉強《べんきょう》は、みんなが助《たす》けてくれるので問題《もんだい》ありません。ただ、先生《せんせい》の話《はなし》を『きく』ことが多《おお》すぎて、退屈《たいくつ》になることもあります。

そんなときは、マンマのことを考《かんが》えています！

二番目《ばんめ》におどろいたことは、毎日《まいにち》お昼《ひる》ご飯《はん》を学校《がっこう》で食《た》べることです。『きゅうしょく』と呼《よ》びます。食堂《しょくどう》はなく、教室《きょうしつ》で食事《しょくじ》をします。準備《じゅんび》、あとかたづけ、すべて子《こ》どもたちが分担《ぶんたん》します。

「きゅうしょくは、おいしい？」ってききますか？

答《こた》えは、「マンマがぼくでなくて、よかった。」とだけ答《こた》えておきますね。

ボクは楽《たの》しんでますよ。心配《しんぱい》しないでね。

そして……。『和菓子《わがし》』について報告《ほうこく》します。

残念《ざんねん》ですが、まだ『親方《おやかた》』の『弟子《でし》』にはなってません。

『弟子《でし》』になるのは、とてもむずかしいです。でも、少《すこ》しずつ進《すす》んでいます。みんなが日本《にっぽん》の季節《きせつ》と文化《ぶんか》を教《おし》えてくれます。

希望《きぼう》を持《も》ってチャレンジしていますから、心配《しんぱい》しないでね。

そして、渚《なぎさ》、すばる、カノン、つばさも新《あたら》しいチャレンジをしています。来月《らいげつ》ケーキ作《づく》りのコンテストに出《で》るんです。

渚《なぎさ》たちはケーキ、ボクは和菓子《わがし》。ぼくたちは、とても充実《じゅうじつ》しています。


そうそうマンマ、知《し》っていますか？　九月《がつ》二十三日《にち》は、昼《ひる》と夜《よる》の長《なが》さが、同《おな》じだそうです。この日《ひ》は『秋分の日《しゅうぶんのひ》』と呼《よ》ばれ、日本人《にほんじん》にとって大切《たいせつ》な日《ひ》で、『休日《きゅうじつ》』になるそうです。この日《ひ》の前後《ぜんご》には、あんこを使《つか》った『おはぎ』を食《た》べる伝統《でんとう》があるんですよ。

和菓子屋《わがしや》さんが、おはぎを作《つく》るので、親方《おやかた》はとてもいそがしいそうです。うれしいことに、親方《おやかた》にお手伝《てつだ》いをしてほしいとたのまれました！

『おはぎ』ってどんな和菓子《わがし》でしょう？　見《み》たことがないので、いまからワクワクしています。ではまたお手紙《てがみ》を書《か》きます。

ルカより

9　予選《よせん》までのカウントダウンがはじまった！

すばるです。夏休《なつやす》みがすぎ、二学期《がっき》がはじまりました。

夏休《なつやす》みって長《なが》いようでホント短《みじか》い。とくに今年《ことし》は、コンテストで作《つく》るケーキの練習《れんしゅう》をしたり、ルカといっしょに遊《あそ》んだりしたから、あっというまにすぎちゃった。

イタリアから来《き》たルカは、皇子台小《おうじだいしょう》の『特別留学生《とくべつりゅうがくせい》』になって、毎日楽《まいにちたの》しそう。

はじめのうちは、あたりまえのことでいちいちおどろいていたけど、もうなれたみたい。

いまは『運動会《うんどうかい》の練習《れんしゅう》』がお気《き》に入《い》りなんだってさ。

「『うんどうかい』という言葉《ことば》の意味《いみ》がわからない。」って言《い》うルカに、山田先生《やまだせんせい》が電子《でんし》辞《じ》書《しょ》で調《しら》べて『sportivo《スポルティーヴォ》 festa《フェスタ》』って伝《つた》えたの。そうしたら——。

「sportivo《スポルティーヴォ》は〝うんどう〟、festa《フェスタ》は〝まつり〟、わかりました。『うんどうまつり』をするのですね!」って言《い》ってはりきっているんだ。

イタリアの小学校《しょうがっこう》は、体育《たいいく》はあるけど、校庭《こうてい》が狭《せま》くて授業《じゅぎょう》もおもしろくないらしい。だから『運動《うんどう》のお祭《まつ》り』(まつりではないけど。)が楽《たの》しみなんだって。

もちろん和菓子《わがし》の勉強《べんきょう》もがんばってる。

渚《なぎさ》のおじいさんと、あちこち歩《ある》いて花《はな》や風景《ふうけい》をスケッチして、『日本《にっぽん》の季節《きせつ》』を感《かん》じているんだって。

わたしたちも負《ま》けていないよ。今日《きょう》は土曜日《どようび》、これからレッスンなんだ。クロエ先生《せんせい》が先週《せんしゅう》言《い》ってたんだ。

「次《つぎ》は、『本番《ほんばん》のつもり』で製作《せいさく》しましょう。」って。

気合《きあい》入《い》れて、がんばるぞ!

「ママ、パパいってきます。」

わたしは元気《げんき》に家《いえ》を飛《と》びだした。うわぁ、お日《ひ》さまギラギラ、九月《がつ》になっても、真夏《まなつ》のように暑《あつ》いなぁ。

いつもの皇子台公園《おうじだいこうえん》で渚《なぎさ》とカノンとまちあわせして、『お菓子《かし》のアトリエ　マダム・クロエ』へ自転車《じてんしゃ》を走《はし》らせる。

今日《きょう》のカノン、やけに無口《むくち》だ。カノンだけじゃない、わたしも渚《なぎさ》もおしゃべりしないでペダルをこいでる。頭《あたま》の中《なか》は『本番《ほんばん》のつもり』で作《つく》る自分《じぶん》のレシピでいっぱいだもん。

藤森神社《ふじもりじんじゃ》にさしかかったとき、前《まえ》を走《はし》る渚《なぎさ》の自転車《じてんしゃ》のスピードが落《お》ちた。

「渚《なぎさ》、どうしたの？」

自転車《じてんしゃ》に乗《の》ったまま、たずねた。

「萩《はぎ》の花《はな》……。」

渚《なぎさ》はそう言《い》って自転車《じてんしゃ》を止《と》めた。見《み》ると、神社《じんじゃ》をかこむ塀《へい》の間《あいだ》から細《ほそ》い枝《えだ》が元気《げんき》に飛《と》びだして、その先《さき》にピンク色《いろ》の花《はな》が咲《さ》いてる。

「へー、よく知《し》ってるね。これ、『はぎ』って名前《なまえ》なんだ。」

わたしも自転車《じてんしゃ》を止《と》めて、萩《はぎ》の花《はな》を見《み》てみた。

濃《こ》いピンク色《いろ》で、小《ちい》さなチョウチョみたいな形《かたち》の小花《こばな》がギッシリ集《あつ》まって咲《さ》いてる。よく見《み》ると、葉《は》っぱもまるっこくてかわいいね。

「ルカが萩《はぎ》の花《はな》のスケッチを見《み》せてくれたんだ。じいちゃんに教《おし》えてもらった〝秋《あき》の花《はな》〟

だってさ。」

渚《なぎさ》がうれしそうに言《い》った。ルカは和菓子職人《わがししょくにん》の萬年堂《まんねんどう》の親方《おやかた》の『弟子《でし》』になりたくて、がんばっているんだよ。なんども親方《おやかた》のところへ行《い》って、和菓子《わがし》の試験《しけん》を受《う》けているんだ。

なかなか合格《ごうかく》しないけれど、あきらめずに通《かよ》っている。

「ルカ、努力《どりょく》してるんだ……。わたしたちも負《ま》けていられないね。」

じっと萩《はぎ》を見《み》ていたカノンが言《い》った。


——カランカラン。

「おはようございます！」

いつものように玄関《げんかん》ドアのベルを鳴《な》らして、『お菓子《かし》のアトリエ　マダム・クロエ』の中《なか》へ入《はい》った。

「みなさん、おはようございます。予選《よせん》がせまってきましたね。いままでレシピを工夫《くふう》したり、苦手《にがて》な作業《さぎょう》の練習《れんしゅう》をしたりしてきました。今日《きょう》は本番《ほんばん》のつもりでケーキを作《つく》ってみましょう。」

クロエ先生《せんせい》がキリッとした顔《かお》で言《い》った。

「はい！」

わたしたちが返事《へんじ》をし、エプロンをつけてキッチンへ入《はい》ると……!?

「うわぁ、オーブンが三台《だい》ある！」

渚《なぎさ》がさけんだ。すごい、キッチンのレイアウトが変《か》わってる。三人《にん》で作業《さぎょう》しやすいようにしてくれたんだ。

「クロエ先生《せんせい》、ありがとうございます。しっかりがんばります。ねっ！」

「感激《かんげき》です。本番《ほんばん》だと思《おも》って作《つく》ります。」

わたしはカノンと顔《かお》を見合《みあ》わせて言《い》った。

「ひとりひとりが使《つか》いやすいように、ちょっと工夫《くふう》しただけですよ。さぁ、使《つか》う材料《ざいりょう》と器《き》具《ぐ》をならべてください。」

クロエ先生《せんせい》がてれたような顔《かお》で言《い》った。

粉《こな》、バター、卵《たまご》……必要《ひつよう》な材料《ざいりょう》を調理台《ちょうりだい》にならべた。ボウル、はかり、ケーキレストを用意《ようい》して、使《つか》いなれた自分専用《じぶんせんよう》のホイッパー、パレットナイフも出《だ》した。

「クロエ先生《せんせい》、準備《じゅんび》できました。」

わたしたちは、『スタート』の合図《あいず》をまった。

ドキドキしてきた。なんだか、本番《ほんばん》みたい……。

「みなさん、ただいまの時間《じかん》は九時《じ》五十五分《ふん》です。開始時間《かいしじかん》は本番《ほんばん》と同《おな》じ十時《じ》。そして終了時刻《しゅうりょうじこく》は十二時《じ》二十分《ぷん》です。」

クロエ先生《せんせい》が時計《とけい》を見《み》ながら言《い》った。

えっ？　十二時《じ》二十分《ぷん》って……？

「あの、クロエ先生《せんせい》、まちがってます。コンテストの制限時間《せいげんじかん》は二時間《じかん》三十分《ぷん》です。」

「終了時間《しゅうりょうじかん》は十二時半《じはん》じゃないと……。」

わたしとカノンはあわてて言《い》った。コンテスト事務局《じむきょく》からの通知《つうち》には、

【二時間《じかん》三十分《ぷん》の制限時間内《せいげんじかんない》に完成《かんせい》させましょう。制限時間内《せいげんじかんない》にできあがらなくても、最《さい》後《ご》まで作《つく》りましょう。ただし、その場合《ばあい》は減点《げんてん》の対象《たいしょう》になります。】

って書《か》いてあった。

コンテストでは制限時間内《せいげんじかんない》に作《つく》ることが、とても大切《たいせつ》。一分《ぷん》……ううん、一秒《びょう》だってすぎたら減点《げんてん》になっちゃう、きびしい世界《せかい》なんだ。

それなのにクロエ先生《せんせい》、十分《ぷん》もまちがえるなんて!?

「わかっていますよ。だから本日《ほんじつ》の制限時間《せいげんじかん》は二時間《じかん》二十分《ぷん》にするのです。」

キッパリとした声《こえ》がキッチンにひびいた。

わざと時間《じかん》を短《みじか》くしたってこと？　どうしてだろう……。

クロエ先生《せんせい》って、いつも、こうなんだ。大切《たいせつ》なことの答《こた》えを、すぐに教《おし》えてくれない。

わたしたちがしっかり考《かんが》え、経験《けいけん》して、答《こた》えを出《だ》すのをまっている。

そうか……。それなら、ケーキを作《つく》り終《お》わったら、答《こた》えが見《み》つかるかもしれない。

わたしのこころに、グッとスイッチが入《はい》った。

「カノン、渚《なぎさ》、チャレンジしてみようよ。」

わたしはふたりに言《い》った。

「うん、十分《ぷん》みじか短い制限時間《せいげんじかん》に挑戦《ちょうせん》ね。」

「ちょっと不安《ふあん》だけど、がんばるぞ。」

10:00
CREAM
バター

カノンと渚《なぎさ》がうなずいた。と、そのとき――。

「みなさん、十時《じ》です。製作《せいさく》、開始《かいし》！」

クロエ先生《せんせい》が言《い》った。

まずはじめにすることは、オーブンを設定温度《せっていおんど》に温《あたた》めておくこと。それから、スポンジケーキの生地《きじ》を作《つく》る準備《じゅんび》だ。

グラニュー糖《とう》を計量《けいりょう》、つづいて粉《こな》とココアパウダーを計量《けいりょう》し、合《あ》わせて粉《こな》ふるいにかける。バターを湯《ゆ》せんでとかして、準備完了《じゅんびかんりょう》。卵《たまご》をボウルに割《わ》り入《い》れ、グラニュー糖《とう》をくわえた。

そしてひとまわり大《おお》きいボウルにお湯《ゆ》を入《い》れ、湯《ゆ》せんしながらホイップ、ホイップ、ホイップ！　なめらかでフワフワになるまで、素早《すばや》くていねいに――。

カシャカシャカシャ……。

わたしのホイッパーの音《おと》に、カノンと渚《なぎさ》のホイッパーの音《おと》が重《かさ》なる。

シャカシャカシャカ……。

カッカカッカッ……。

なんだか不思議《ふしぎ》だな。いつも三人《にん》でひとつのケーキを作《つく》っているキッチンで、ひとりでひとつのケーキを作《つく》っている。

わたしは卵液《たまごえき》がフワフワになったことを確認《かくにん》し、ふるった粉類《こなるい》をくわえ、サックリとまぜた。そこへとかしバターと牛乳《ぎゅうにゅう》もくわえれば、生地《きじ》の完成《かんせい》だ。この生地《きじ》を型《かた》に流《なが》し入《い》れ、オーブンに入《い》れて、ホッとひと息《いき》。

でも、休《やす》んでなんかいられない。次《つぎ》はチェリークリーム作《づく》りだ。

あっ、リンゴの甘《あま》い香《かお》りがしてきた。

カノンがリンゴのコンポートを作《つく》りはじめてるんだ。そして、その香《かお》りにかぶさるように、マンゴーのクッキリとした香《かお》りがしてきた。

渚《なぎさ》がコンフィチュールを作《つく》りだしたんだね。

みんながそれぞれの果物《くだもの》と向《む》き合《あ》っている。わたしのチェリークリームができあがるころ、オーブンからジワジワとチョコレートの香《かお》りがしてきた。

——ピピッ、ピピッ。

オーブンが鳴《な》った。

時計《とけい》を見《み》たら、十一時《じ》二分《ふん》。まだ時間《じかん》はたっぷりあるぞ。耐熱用《たいねつよう》のグローブをはめ、オーブンからチョコレートスポンジをとりだし、型《かた》からはずす……。

「ふーっ、ムラなくキレイに焼《や》けたぞ。」

ケーキレストにのせてホッとした。と、そのとき――。

ギュルルルルー！

ハンドミキサーがいきおいよくまわりはじめた。カノンがバタークリーム作《づく》りをはじめたんだ。

モッタリしたバターをひとりの力《ちから》でフワフワにするには、電動《でんどう》パワーが必要《ひつよう》だものね。

さぁ、わたしもクリーム作《づく》りだ。黒《くろ》い森《もり》のケーキは、組《く》み立《た》てるまでの工程《こうてい》がたくさんあるんだよ。

手順《てじゅん》、分量《ぶんりょう》、気《き》をつけるポイント。わたしはひとつずつ思《おも》いだして、作業《さぎょう》をつづけた。

もくもくとひたすら自分《じぶん》のケーキに向《む》き合《あ》う。

チョコレートクリームができたら冷蔵庫《れいぞうこ》へしまう。次《つぎ》は生《なま》クリームをホイップだ。

ケーキレストの上《うえ》のチョコレートスポンジを手《て》で触《さわ》ってみた。だいぶ冷《さ》めたみたい。ここからが大変《たいへん》。同《おな》じ厚《あつ》さで三枚《まい》にスライスしなくちゃならないんだ。

わたしは、スポンジケーキを調理台《ちょうりだい》へうつし、ていねいにナイフをあてる。時間《じかん》はあと三十分《ぷん》ある。ゆっくり、ていねいに……。

いよいよ黒《くろ》い森《もり》のケーキを組《く》み立《た》てるぞ！

クルクル動《うご》くケーキ台《だい》に一枚目《まいめ》のスポンジケーキをのせて、チョコレートクリームとチェリークリームをしぼった。

そこへ二枚目《まいめ》のスポンジケーキをのせたら、次《つぎ》はホイップクリームをたっぷりしぼる。そして最後《さいご》のチョコレートスポンジをのせた。

うまくいったぞ。仕上《しあ》げはケーキの表面《ひょうめん》にホイップクリームをうすくぬる『ナッペ』だ。

スポンジのまんなかにホイップクリームをのせ、ケーキ台《だい》をまわしながら、パレットナイフを大《おお》きく動《うご》かした。そしてケーキの側面《そくめん》にパレットナイフを立《た》て、ていねいにぬってケーキ全体《ぜんたい》をまっ白《しろ》にしたよ。

「いよいよ最後《さいご》の工程《こうてい》だ……。」

チョコレートをけずってケーキのまんなかにのせなくちゃ。

『黒《くろ》い森《もり》のケーキ』は、『冬《ふゆ》』をイメージしたケーキなんだ。『黒《くろ》い森《もり》』は、ほんとうにあるんだって。とても深《ふか》い森《もり》で、中《なか》に入《はい》ると暗《くら》いから、『黒《くろ》い森《もり》』って呼《よ》ばれているそうなの。

ケーキにぬったホイップクリームは、森《もり》につもった雪《ゆき》で、けずったチョコレートは雪《ゆき》の上《うえ》に落《お》ちた枯《か》れ葉《は》をあらわしている。

ねっ、『冬《ふゆ》をイメージした』っていう意味《いみ》がわかったでしょ。

カサカサした枯《か》れ葉《は》のように、うすーくうすくけずらないといけないんだ。呼吸《こきゅう》を整《ととの》え、大《おお》きな板《いた》チョコレートをしっかりまな板《いた》にあて、ナイフでけずる。

シュッ、シュッ、シュッ——。

いいぞ、うすくフワッとじょうずにけずれてる。そう思《おも》ったとき……。

「ロールケーキ、完成《かんせい》しました！」

渚《なぎさ》の声《こえ》がひびいた。

わたしはあわてて時計《とけい》を見《み》た。

わっ、十二時十五分《ふん》だ！

まだチョコレートの量《りょう》が足《た》りないのに……。わたしはいそいでナイフを動《うご》かした。

シュッ、シュッ、シュッ――。

そしてけずったふわふわなチョコレートを、やさしくケーキのまんなかにのせたとき――。

「わたしも、できました。」

カノンのうれしそうな声《こえ》がきこえた。

うわぁ、わたしが最後《さいご》だ！　あせって心臓《しんぞう》がドキドキしてきた。えっと、次《つぎ》はケーキのまわりにホイップクリームで飾《かざ》りしぼりをしなくちゃ。そしてチェリーをのせて……。

「できたぁ。」

わたしは、おそるおそる時計《とけい》を見《み》た。

十二時《じ》二十五分《ふん》！

クロエ先生《せんせい》が決《き》めた制限時間《せいげんじかん》を五分《ふん》オーバーして、黒《くろ》い森《もり》のケーキが完成《かんせい》した。

「みなさん、よくがんばりました。ケーキを持《も》ってお店《みせ》へ移動《いどう》してください。」

クロエ先生《せんせい》が言《い》った。

カノンが作《つく》ったバラのデコレーションケーキ、渚《なぎさ》の作《つく》った大人《おとな》っぽいチョコレート色《いろ》のロールケーキ、そしてわたしの黒《くろ》い森《もり》のケーキ。三台《だい》のケーキがテーブルの上《うえ》にならんだ。

「村木《むらき》さん、山本《やまもと》くん、星野《ほしの》さん、作《つく》ってみた感想《かんそう》は？」

クロエ先生《せんせい》がきいた。

「……はじめは時間《じかん》が気《き》になっていたけど、作《つく》りだしたら、それどころではなかったです。まにあってよかったぁ。」

カノンが言《い》った。

「オレは時計《とけい》を見《み》ながら作《つく》ってたよ。時間配分《じかんはいぶん》がうまくいったから、作業《さぎょう》の区切《くぎ》りで器具《きぐ》のかたづけをするようにしたんだ。作業台《さぎょうだい》、キレイだぜ。」

渚《なぎさ》が胸《むね》をはった。

「わたし、五分《ふん》おくれでした。もっと早《はや》く仕上《しあ》げるよう練習《れんしゅう》します。」

ガッカリして言《い》った。

「星野《ほしの》さん、この挑戦《ちょうせん》、全員成功《ぜんいんせいこう》ですよ。考《かんが》えてみて、十分間《ぷんかん》でなにができますか？」

クロエ先生《せんせい》がわたしたちをじっと見《み》つめて言《い》った。

「デコレーションに使《つか》うチョコレートをけずって、ホイップクリームをしぼって、ケーキの仕上《しあ》げができました。」

わたしは、自分《じぶん》のした仕上《しあ》げの作業《さぎょう》を言《い》った。

「そうです。十分《ぷん》あれば、いろんなことができますね。つまり――。」

クロエ先生《せんせい》がにっこりとほほえんだ。

「そうか、これは『十分《ぷん》』の大切《たいせつ》さを知《し》るためのレッスンなんだ。」

わたしはクロエ先生《せんせい》が、制限時間《せいげんじかん》を十分《ぷん》短《みじか》く設定《せってい》した意味《いみ》が、ようやくわかった。

「本番《ほんばん》で十分《ぷん》まえに仕上《しあ》げるつもりでいたら、途中《とちゅう》でなにかあっても、落《お》ちついて対応《たいおう》できるものね。」

カノンがしんけんな顔《かお》で言《い》った。

「そうです。この十分《ぷん》は、たとえるなら『時間《じかん》の貯金《ちょきん》』です。大切《たいせつ》にしてください。」

クロエ先生《せんせい》が楽《たの》しそうに言《い》った。

『時間《じかん》の貯金《ちょきん》』か――。わたしはみんなより五分《ふん》おくれてあせったけど、『時間《じかん》の貯金《ちょきん》』を使《つか》ったから、コンテストの制限時間内《せいげんじかんない》におさまったんだ。

シュンとしていたわたしのこころが、元気《げんき》になった。

「すばる、村木《むらき》！　本番《ほんばん》は、なにが起《お》こるかわからない。二時間《じかん》二十分《ぷん》での完成《かんせい》をめざそうぜ。」

渚《なぎさ》が力強《ちからづよ》く言《い》った。

10 最終確認《さいしゅうかくにん》

「では次《つぎ》に、ケーキの試食《ししょく》をしましょう。」

クロエ先生《せんせい》がナイフをとりだして言《い》った。わたしは背《せ》すじをシャキッとさせた。

自分《じぶん》のケーキは「最高《さいこう》！」と思《おも》っている。でも、自分以外《じぶんいがい》はどう思《おも》うかな？

意見《いけん》を言《い》ったり、きいたりするのは、ちょっとこわいけど、大切《たいせつ》なことだものね。

「いちばん先《さき》にできたオレからな。お願《ねが》いします！」

渚《なぎさ》がロールケーキを前《まえ》へ出《だ》した。

「表面《ひょうめん》のチョコレートクリーム、きれいにぬれてる。その上《うえ》に飾《かざ》ってある『キャラメリゼ・ナッツ』もツヤツヤでいい。大人《おとな》っぽいケーキ、きっと会場《かいじょう》で目立《めだ》つね。」

わたしは感心《かんしん》して言《い》った。

「うん、きれい。でも、大切《たいせつ》なのは中身《なかみ》よ。うまく巻《ま》けてるかしら？」

カノンがキリッと言《い》った。

「では、カットするよ。」

渚《なぎさ》がスーッとナイフを入《い》れた。ドキドキしながら、断面《だんめん》を見《み》た。

「あれれ、ロールがくずれて見《み》える!?」

渚《なぎさ》が、力《ちから》なくつぶやいた。

ほんとだ……。角切《かくぎ》りマンゴーのコンフィチュールがくずれて、目立《めだ》ってない。せっかく角切《かくぎ》りにしたのに、つぶれちゃってる。

「とりあえず、味《あじ》のバランスをたしかめてみようよ。」

カノンがそう言《い》って、パクッと食《た》べた。

「──おいしい。マンゴーの味《あじ》がクッキリして、クリームとの相性《あいしょう》もいい。」

「うん！　おいしい。それに飾《かざ》りのキャラメリゼしたナッツ、食感《しょっかん》のアクセントになって、いい感《かん》じだね。」

わたしとカノンは顔《かお》を見合《みあ》わせてニッコリした。たけど渚《なぎさ》は満足《まんぞく》していない。

「生《なま》のままのマンゴーでは味《あじ》に深《ふか》みがなく、コンフィチュールでは形《かたち》がくずれる……。巻《ま》き方《かた》をゆるくしたら、ロールケーキ全体《ぜんたい》がくずれるし……。」

渚《なぎさ》がうで組《ぐ》みして考《かんが》えこんでいる。

「それでは、『マンゴーを漬《つ》けこんで』みたらどうかしら？」

クロエ先生《せんせい》が言《い》った。

「漬《つ》けこむ……って、なんですか？」

渚《なぎさ》がきいた。

「角切《かくぎ》りにした生《なま》のマンゴーに、マンゴーのコンフィチュールをかけて、軽《かる》く漬《つ》けこむんです。」

クロエ先生《せんせい》が新《あたら》しいアイディアを出《だ》した。

「……角切《かくぎ》りマンゴーに味《あじ》をしみこませるんですね。形《かたち》がしっかりして、味《あじ》が濃厚《のうこう》になるんだ。ありがとうございます！　よーし、さっそくためしてみるぞ。」

渚《なぎさ》がうれしそうに言《い》った。

「次《つぎ》は、わたしの番《ばん》ね。」

バラのデコレーションケーキが目《め》の前《まえ》におかれた。

「バタークリームのバラはキレイだけど、リンゴのコンポートで作《つく》ったバラは、花《はな》びらが広《ひろ》がってるよ。」

わたしはカノンに言《い》った。

「やっぱり、そう思《おも》う？　いつもこうなの。作《つく》りたてはキレイだったのに……。」

カノンがため息《いき》をついた。

「コンポートのバラですが、ケーキにのせるときに形《かたち》がゆがんだのね。バタークリームのバラといっしょに、少《すこ》しの時間冷凍庫《じかんれいとうこ》へ入《い》れておきましょう。あつかいやすくなります。」

さすがクロエ先生《せんせい》。カノンの悩《なや》みをパッと解決《かいけつ》しちゃった。

「はい、ありがとうございます。ではカットするね。よく見《み》て！」

カノンがケーキを切《き》り、断面《だんめん》を見《み》せた。

「へー、こうきたか！」

渚《なぎさ》がうで組《ぐ》みして言《い》った。わたしもビックリ。よくあるデコレーションケーキは、スポンジケーキの間《あいだ》に、クリームとうすく切《き》ったフルーツがはさんである。

だけど、カノンのケーキはちがうの。

フルーツはなくて、ホイップクリームだけなんだ。でもスポンジケーキがピンク色《いろ》にそまってる。

「これ、どうなってるの？」

「フランボワーズのマルムラードをはさんだの。フルーツのスライスって、ありきたりだと思《おも》って……。」

カノンがうれしそうに説明《せつめい》した。

味《あじ》は、どうかな？　わたしは、フォークをスーッとタテにおろした。

「うーん、マルムラードの味《あじ》もしっかりするよ。バタークリームもなめらかで軽《かる》い。カノンはバタークリーム作《つく》るのじょうずだね。」

「このリンゴのコンポートのバラ、味《あじ》のアクセントになってて、うまい。でも、スポンジはもっとしっとりしたほうがよくないか？」

渚《なぎさ》がダメ出《だ》しした。

「うーん、マルムラードをはさむまえに、シロップをぬってみようかな？」

カノンが答《こた》えた。

いよいよわたしの『黒《くろ》い森《もり》のケーキ』の番《ばん》だ。ふたりはジーッとケーキを見《み》つめてる。

「すばる、ナッペがじょうずになったね。ケーキの側面《そくめん》がすごくキレイ！」

カノンがほめてくれた。

「見《み》た目《め》はピシッと決《き》まってるな。」

渚《なぎさ》がえらそうに言《い》った。

わたしはケーキを切《き》りわけてふたりの前《まえ》においた。

「濃厚《のうこう》なチョコレートクリームとさわやかなチェリークリーム。この組《く》み合《あ》わせは最強《さいきょう》だな。うまい！」

渚《なぎさ》がうなずいた。

「パッと見《み》たら、二段目《だんめ》にはさんだホイップクリームが厚《あつ》いけれど、タテに食《た》べてみると、味《あじ》のバランスがいいわね。」

よかったぁ。ふたりともすごくほめてくれた。ホッとしたそのとき……。

「で、これからどうアレンジするの？」

渚《なぎさ》がきいた。

「しないよ！　わたしは、昔《むかし》からある黒《くろ》い森《もり》のケーキを作《つく》るの。『黒《くろ》い森《もり》のケーキをマスターしたら、すばらしいパティシエになれる。』この言葉《ことば》を信《しん》じているからね。」

わたしは渚《なぎさ》に向《む》かってキッパリと言《い》った。

「それ、夏休《なつやす》みから言《い》いつづけてたけど、ホンキなの？　コンテストだぜ。」

渚《なぎさ》があきれた声《こえ》を出《だ》した。その声《こえ》の調子《ちょうし》に、カチンときた——。

「ホンキじゃダメなの？」

わたし、ムッとして言《い》いかえしちゃった。

「星野《ほしの》さん、落《お》ちついて……。」

きびしい顔《かお》でクロエ先生《せんせい》が言《い》った。

「そうだよ。ふたりとも、ケンカしないで！」

カノンに言《い》われて、ハッとした。

「ごめんなさい……。でも、このケーキを作《つく》るって決《き》めてるの。」

わたしはキッパリと言《い》った。

「下《した》の段《だん》のチョコレートクリームですが、作《つく》り方《かた》が少《すこ》し雑《ざつ》ですね。チョコレートと生《なま》ク

リームをもっとていねいに合《あ》わせましょう。それからけずり用《よう》の板《いた》チョコレートですが、クーラーボックスから出《だ》したら、冷蔵庫《れいぞうこ》へは入《い》れないように。冷《ひ》えすぎてしまったら、キレイにけずれませんから。」

「はい、気《き》をつけます。」

みんなクロエ先生《せんせい》に最後《さいご》のアドバイスをもらった。

これでレッスンはおしまい。

いよいよ来週《らいしゅう》は本番《ほんばん》――。おうちで、気《き》になるところ、注意《ちゅうい》されたところを練習《れんしゅう》しなくちゃ。わたしは自分《じぶん》を信《しん》じて『黒《くろ》い森《もり》のケーキ』を作《つく》る。

渚《なぎさ》になんか、負《ま》けないぞ！

11 コンテスト関東地区予選《かんとうちくよせん》、はじまる！

おはようございます！　今日《きょう》は九月《がつ》二十三日《にち》、秋分《しゅうぶん》の日《ひ》です。

『小学生《しょうがくせい》トップ・オブ・ザ・パティシエ・コンテスト』関東地区予選《かんとうちくよせん》の日《ひ》がやってきました。

いまはね、朝《あさ》の六時《じ》。ぐっすりねむったから頭《あたま》も体《からだ》もシャキッと絶好調《ぜっこうちょう》だよ。

だけど、こころは落《お》ちつかない。

ソワソワとドキドキが、胸《むね》の中《なか》でグルグルしている。きっと自分《じぶん》でも見《み》たことない顔《かお》をしているんじゃないかな？

鏡《かがみ》の前《まえ》に立《た》ってみた。

よかった、いつもと変《か》わらないわ。あれ、背《せ》がのびた？　一学期《がっき》の健康診断《けんこうしんだん》で百五十四センチになって、めちゃくちゃショックだったのに、また……!?

いやいや、今日《きょう》は身長《しんちょう》のことはわすれよう。

気《き》をとりなおして、ニカッと笑《わら》ってみた。ほっぺと鼻《はな》の頭《あたま》が、赤《あか》くなってる。きのうの運動会《うんどうかい》の練習《れんしゅう》で、日《ひ》に焼《や》けたんだ。

ママがハーフのわたしは、四分《ぶん》の一はオーストリア人《じん》なんだ。肌《はだ》が白《しろ》くて、日《ひ》に焼《や》けても、小麦色《こむぎいろ》にならないの。

鏡《かがみ》に顔《かお》を近《ちか》づけて、自分《じぶん》の目《め》を見《み》た。茶色《ちゃいろ》がかった緑色《みどりいろ》の瞳《ひとみ》、みんなとちがう色《いろ》……。

オーストリア人《じん》のおじいさんと同《おな》じ瞳《ひとみ》の色《いろ》。これがずっとキライだった。でも、いまはキライじゃない。

瞳《ひとみ》の色《いろ》を「キレイね。」ってほめてくれたカノンと、「すばるらしくていい。」って言《い》ってくれた渚《なぎさ》のおかげなんだ。

大切《たいせつ》な友《とも》だち、カノンと渚《なぎさ》。わたしたち三人《にん》でパティシエになって、お店《みせ》を開《ひら》くって約《やく》束《そく》している『パティシエ見習《みなら》い』の仲間《なかま》なんだ。

だけど今日《きょう》はちがう。

『小学生《しょうがくせい》トップ・オブ・ザ・パティシエ・コンテスト』関東地区予選《かんとうちくよせん》にエントリーしたラ

イバルだ。

わたし、関東地区予選《かんとうちくよせん》を勝《か》ちぬいて、決勝《けっしょう》へ進《すす》みたい。カノンと渚《なぎさ》とそろって進《すす》みたい。だけど、すごく心配《しんぱい》……。


――わたしだけ落《お》ちてしまったら、どうしよう⁉


想像《そうぞう》すると、胸《むね》がギューッと苦《くる》しくなる。

だから、がんばるしかない！　ぜったい決勝《けっしょう》に進《すす》むんだ。わたしは前髪《まえがみ》をヘアピンでキュッととめた。

「星野《ほしの》すばる、ガンバレ！」

鏡《かがみ》の中《なか》の自分《じぶん》に言《い》った。

気合《きあい》を入《い》れたらおなかがすいてきた。朝食《ちょうしょく》は大好《だいす》きなフレンチトーストとフルーツサラダだ。パクパク食《た》べて、歯《は》をみがいて、カバンの中《なか》を点検《てんけん》した。

「すばる、そろそろ行《い》くよ。」

パパがわたしに声《こえ》をかけた。

「はーい！」

元気《げんき》に返事《へんじ》をして、玄関《げんかん》へ走《はし》る。

「いってきまーす！」

ママたちに見送《みおく》られて、わたしは家《いえ》を出《で》た。いつもは自転車《じてんしゃ》で走《はし》る道《みち》を、今日《きょう》はパパの車《くるま》で走《はし》ってる。

クロエ先生《せんせい》のお店《みせ》についたら、渚《なぎさ》のおじいさんと渚《なぎさ》とルカがまっていた。

カノンがママの車《くるま》でやってきた。カノンのママの車《くるま》、はじめて見《み》た。緑《みどり》と白《しろ》のツートンカラーですごくカワイイ。

コンテストまえっていそがしい。ケーキの材料《ざいりょう》、器具《きぐ》をクロエ先生《せんせい》の車《くるま》につめこむんだ。ドキドキしてわすれものをしたら大変《たいへん》だから、念入《ねんい》りに点検《てんけん》しなくちゃ。

「クーラーボックスには、バター、牛乳《ぎゅうにゅう》、生《なま》クリーム、チョコレート……。」

わたしは声《こえ》を出《だ》して、指《ゆび》さし確認《かくにん》した。

「ボウル、はかり、計量《けいりょう》カップ、バット、ケーキレスト、回転台《かいてんだい》は会場《かいじょう》にあるんだぞ。」

渚《なぎさ》がコンテスト事務局《じむきょく》のリストを見《み》ながら言《い》った。

「わかってるってー。ホイッパーとハンドミキサー、パレットナイフ、大切《たいせつ》なクリームのしぼり袋《ぶくろ》と金具《かなぐ》……。」

カノンが段《だん》ボールの中《なか》を点検《てんけん》してる。

「オレの荷物《にもつ》はオッケーだ。運《はこ》ぶぞー。」

渚《なぎさ》がいきおいよく言《い》った。

「もう、渚《なぎさ》ったらハンドミキサーわすれてる！」

カノンが渚《なぎさ》に言《い》った。

「オレ、ホイッパー一本《ぽん》で勝負《しょうぶ》するつもりなの！　ハンドミキサーなんか……。」

ブツブツ言《い》ってる渚《なぎさ》の段《だん》ボールの中《なか》に、カノンがハンドミキサーを入《い》れた。わたしも持《も》っていこう。それからわすれちゃいけないのは、チョコレートをけずるナイフだ。短《みじか》くてけずりやすい大切《たいせつ》な一本《ぽん》なんだ。

それぞれの荷物《にもつ》を、車《くるま》につみこんだ。

「カノン、すばる、なぎさ……。コンテストのよせん、がんばってください。」

ルカがギュッとわたしたちの手《て》をにぎって言《い》った。

「うん！　いっぱい練習《れんしゅう》したもの、自信《じしん》あるよ。」

「ありがとう、ぜったい予選《よせん》を通過《つうか》して帰《かえ》ってくるね。」

「ルカもがんばれよ。親方《おやかた》にお手伝《てつだ》いをたのまれるなんて、すごいぜ。」

渚《なぎさ》がうれしそうに言《い》った。

ホントだよね。スケッチをはじめてから、ルカは親方《おやかた》とたくさん話《はなし》ができるようになったんだ。『弟子《でし》』としてみとめられる日《ひ》に、一歩《いっぽ》一歩《いっぽ》近《ちか》づいている。

「さぁ、出発《しゅっぱつ》の時間《じかん》です。」

クロエ先生《せんせい》が言《い》った。

「はいっ、いってきます！」

ルカ、パパ、カノンのママ、渚《なぎさ》のおじいさんに見送《みおく》られ、車《くるま》へ乗《の》りこんだ。

わたしたちの、運命《うんめい》の一日《いちにち》が動《うご》きだした。

クロエ先生《せんせい》の車《くるま》は、東京《とうきょう》めざして高速道路《こうそくどうろ》を走《はし》っている。窓《まど》から見《み》える景色《けしき》、緑《みどり》がへって背《せ》の高《たか》いビルがふえてきたよ。

わたし、さっきからソワソワして落《お》ちつかない。早《はや》くケーキを作《つく》りたいような、作《つく》りたくないような……。ヘンな気分《きぶん》。

「ヤバイ！　オレ、おなかいたくなってきたかも……。」

渚《なぎさ》が、ポツンと言《い》った。

「もう、いまからきんちょうしないで。だいじょうぶ、きっと気《き》のせいよ。」

カノンが言《い》った。オシャレが大好《だいす》きで、東京《とうきょう》へ行《い》くときは、いつもテンションが高《たか》い。だけど今日《きょう》は、落《お》ちついてる。カノンって本番《ほんばん》に強《つよ》いタイプだったんだ。

車《くるま》は高速道路《こうそくどうろ》をおりて、はじめて見《み》る景色《けしき》の中《なか》を走《はし》ってる。休日《きゅうじつ》の東京《とうきょう》って、車《くるま》が少《すく》ないんだね。スイスイ走《はし》って気持《きも》ちいい。

「みなさん、会場《かいじょう》に到着《とうちゃく》です。」

九時《じ》五分《ふん》、クロエ先生《せんせい》の車《くるま》が『日本製菓専門学校《にほんせいかせんもんがっこう》』の駐車場《ちゅうしゃじょう》に入《はい》った。

「ここが会場《かいじょう》か……。」

車《くるま》からおりて、ビルを見上《みあ》げて渚《なぎさ》がつぶやいた。

『小学生《しょうがくせい》トップ・オブ・ザ・パティシエ・コンテスト　関東地区予選会場《かんとうちくよせんかいじょう》』

大《おお》きな看板《かんばん》が出《で》ている。荷物《にもつ》を持《も》った小学生《しょうがくせい》が集《あつ》まってきた。

いよいよ、はじまるんだ。わたしはまた、ソワソワしてきた。

「村木《むらき》さん、星野《ほしの》さん、山本《やまもと》くん。わたしがいっしょにいられるのは、ここまでです。結果発表《けっかはっぴょう》まで会《あ》えません。自分《じぶん》を信《しん》じて、いつもどおりのケーキを作《つく》ってください！」

クロエ先生《せんせい》が、わたしたちひとりひとりの顔《かお》を見《み》て言《い》った。

「はいっ！」

力《ちから》いっぱい返事《へんじ》をした。

クーラーボックスのショルダーベルトを肩《かた》にかけ、段《だん》ボールを両手《りょうて》でかかえ、わたしたちは会場《かいじょう》へ向《む》かって歩《ある》きだした。

広《ひろ》いエントランスだ。まっ白《しろ》いかべ、ピカピカにみがかれた石《いし》の床《ゆか》、奥《おく》にはエレベーターが見《み》える。学校《がっこう》っていうより、ホテルみたいにキレイだ。

「最初《さいしょ》に受付《うけつけ》に行《い》かなくちゃ。」

カノンが先頭《せんとう》を歩《ある》きだした。わたしと渚《なぎさ》はいそいで後《あと》につづいた。

荷物《にもつ》を持《も》ったまま、受付《うけつけ》カウンターで名前《なまえ》を言《い》う。

「……星野《ほしの》すばるさん、ですね。はい、受付番号《うけつけばんごう》は303番《ばん》です。ひかえ室《しつ》にある、同《おな》じ番号《ばんごう》のついたエプロンと帽子《ぼうし》をつけてから、荷物《にもつ》を調理会場《ちょうりかいじょう》へ入《い》れてください。使用《しよう》する調理台《ちょうりだい》、冷蔵庫《れいぞうこ》は会場《かいじょう》のスタッフの指示《しじ》にしたがってくださいね。はい、次《つぎ》の人《ひと》……。」

うしろから来《き》た人《ひと》におされて、わたしはあわててその場《ば》をはなれた。

「ねぇ、みんなきびしい顔《かお》しているね。こんなに人《ひと》がいるのに、だれもが同《おな》じ顔《かお》に見《み》えるよ。」

わたしは、カノンに話《はな》しかけた。

「うん、思《おも》ってた雰囲気《ふんいき》とちがうわ……。」

カノンがこころ細《ぼそ》いっていう顔《かお》で答《こた》えた。渚《なぎさ》はむずかしい顔《かお》をして、ただ前《まえ》を見《み》つめてる。

「あたりまえよ。ここにいるみんながライバルだもの。戦《たたか》いは、もうはじまっているのよ。」

ききおぼえのある、声《こえ》がした。

「つばさちゃん!!」

渚《なぎさ》がうれしそうにさけんだ。

「みんな、おそかったわね。わたしはいちばんに会場入《かいじょうい》りしたの。荷物《にもつ》を調理台《ちょうりだい》と冷蔵庫《れいぞうこ》へ入《い》れて、いまは手順《てじゅん》の確認《かくにん》をしているところよ。」

あごをクッと上《あ》げて、一気《いっき》にしゃべるつばさちゃん。いつもどおりだ。

「……ところでさ、つばさちゃんの受付番号《うけつけばんごう》、なん番《ばん》？　オレ335番《ばん》。ここに三百人以上《にんいじょう》も集《あつ》まってるんだ。スゴイな。」

渚《なぎさ》がきいた。

「それはまちがいよ。受付番号《うけつけばんごう》のはじめの数字《すうじ》は『会場の地区番号《かいじょうのちくばんごう》』なの。北海道《ほっかいどう》から九州沖縄地方《きゅうおきなわちほう》まで、全国《ぜんこく》八つにわけられてるでしょ。北海道《ほっかいどう》が1、東北《とうほく》が2、3は関東《かんとう》よ。つまり渚《なぎさ》くんは関東会場《かんとうかいじょう》の35番《ばん》ってこと。事務局《じむきょく》からのお手紙《てがみ》に書《か》いてあったでしょ？」

あぁ、よくこんなにスラスラと説明《せつめい》できるなぁ。でもね、いまほどつばさちゃんの長《なが》い話《はなし》を「ありがたい」って思《おも》ったことないよ。

「……つばさちゃんって、きんちょうしてないんだね。」

わたしは感心《かんしん》して言《い》った。

「していないわ。っていうか、きんちょうはしないようにしてるの。夏休《なつやす》みの模擬《もぎ》テスト会場《かいじょう》で学《まな》んだの。きんちょうしていたら、実力《じつりょく》が発揮《はっき》できないって。」

そう言《い》って、クルッと背《せ》を向《む》けてひかえ室《しつ》へ入《はい》っていった。相変《あいか》わらず気《き》の強《つよ》い、だけどやさしいつばさちゃん。だって、わたしたちのきんちょうをほぐしてくれたんだもん。

「さぁ、行《い》こう！」

カノンが元気《げんき》に言《い》った。ひかえ室《しつ》でエプロンと帽子《ぼうし》をつけて、調理会場《ちょうりかいじょう》の中《なか》へ入《はい》った。

「わっ、なんて広《ひろ》いんだ……。」

いきなりビビった。こんなキッチン、見《み》たことない。

ピカピカに光《ひか》るステンレスの調理台《ちょうりだい》が、ズラーッとならんでる。かべぎわに業務用《ぎょうむよう》の大《おお》きな冷蔵庫《れいぞうこ》がなん台《だい》もある。窓《まど》はないけど天井《てんじょう》が高《たか》いから、とても開放感《かいほうかん》がある。

「さすが東京《とうきょう》でいちばんの製菓学校《せいかがっこう》。クロエ先生《せんせい》のお店《みせ》のキッチンのなん倍《ばい》あるかな？」

わたしたちは顔《かお》を見合《みあ》わせた。

「――じゃあ、すばる、村木《むらき》。いっしょなのはここまでだな。」

ザワザワしている会場《かいじょう》の中《なか》で、渚《なぎさ》がマジメな声《こえ》で言《い》った。

「うん、精《せい》いっぱいがんばろうね！」

カノンが答《こた》えた。

「自分《じぶん》のケーキを信《しん》じて！　ぜったい決勝《けっしょう》へ進《すす》もう。」

わたしたちは、自分《じぶん》の調理台《ちょうりだい》へ向《む》かった。

受付番号順《うけつけばんごうじゅん》に調理台《ちょうりだい》が割《わ》りふられてる。ふたりで一台《だい》の調理台《ちょうりだい》と冷蔵庫《れいぞうこ》を使《つか》うんだって。わたしの番号《ばんごう》303番《ばん》は304番《ばん》の人《ひと》といっしょだ。材料《ざいりょう》を冷蔵庫《れいぞうこ》の中《なか》へ入《い》れた。道具《どうぐ》や粉《こな》を調理台《ちょうりだい》の上《うえ》にならべ、準備《じゅんび》ができた。

304番《ばん》の子《こ》が、わたしのことをジッと見《み》つめてる。

「あの、がんばろうね……。」

思《おも》いきって、声《こえ》をかけてみた。同《おな》じ年《とし》かな？　ひとつに結《むす》んだ髪《かみ》、前髪《まえがみ》を帽子《ぼうし》の中《なか》にキッチリ入《い》れてる。ブラック・デニム、黒《くろ》い長《なが》そでのT《ティー》シャツとピンクの半《はん》そでのT《ティー》シャツを重《かさ》ね着《ぎ》ている。

「わたし、あなたのこと知《し》ってるわ。マダム・クロエの『パティシエ見習《みなら》い』でしょ？」

３０４番《ばん》の子《こ》が、わたしに言《い》った。

「わぁ、わたしのこと知《し》ってるの？　パティシエ見習《みなら》いの、星野《ほしの》すばるです。よろしくね。」

うれしくて、元気《げんき》に答《こた》えた。

「『パティシエ見習《みなら》い』が、どうしてここにいるの？」

３０４番《ばん》の子《こ》は、小《ちい》さな声《こえ》で、つぶやくようにきいた。

「どうしてって？　コンテストで優勝《ゆうしょう》して、オーストリアでお菓子体験《かしたいけん》したいんだ。わたしね、将来《しょうらい》――。」

「へー、有名《ゆうめい》なパティシエにお菓子《かし》作《づく》り習《なら》って、コンテストに出《で》て、優勝《ゆうしょう》をねらうんだ。わたし、そんなズルイ子《こ》には、ぜったい負《ま》けないから！」

力強《ちからづよ》い目《め》、まっすぐわたしを見《み》つめてる。

ズルイ子《こ》!?　こんなこと言《い》われたの、はじめてだ。わたし、ズルくなんかない。ケーキ作《づく》りが大好《だいす》き、だからパティシエ見習《みなら》いになったのに……。

悲《かな》しくて、おどろいて、そしてムッとした。

00:00:00

「わたしも、負《ま》けないよ。」

しっかり目《め》を見《み》て答《こた》えた。

と、そのとき……。コックコートを着《き》た人《ひと》たちが入《はい》ってきた。審査員《しんさいん》のパティシエたちの入場《にゅうじょう》だ。

ざわついていた会場《かいじょう》が、一瞬《いっしゅん》で静《しず》かになった。五人《にん》の審査員《しんさいん》の中《なか》に、知《し》っている顔《かお》を見《み》つけた。

あっ、あの人《ひと》は!?

ルカといっしょに『萬年堂《まんねんどう》』で出会《であ》った、パティシエのケンゾー・クリバヤシさんだ。

知《し》らなかった、コンテスト審査員《しんさいん》だったなんて……。

事務局《じむきょく》の人《ひと》が、オーブン、コンロ、給湯器《きゅうとうき》の使《つか》い方《かた》の説明《せつめい》をした。

そして、審査委員長《しんさいいんちょう》としてクリバヤシさんが紹介《しょうかい》された。

「みなさん、おはようございます。わたしが関東地区審査委員長《かんとうちくしんさいいんちょう》のクリバヤシです。ただいま十時《じ》十分《ぷん》まえです。開始《かいし》まえに説明《せつめい》をします……。」

そう言《い》って言葉《ことば》を切《き》り、会場《かいじょう》を見《み》わたした。一瞬《いっしゅん》、わたしと目《め》が合《あ》った。

「本日全国《ほんじつぜんこく》を八つの地区《ちく》にわけ、予選《よせん》が行《おこな》われようとしています。ここ関東《かんとう》ブロックは四十七名《めい》の参加《さんか》です。どの会場《かいじょう》も、決勝《けっしょう》へ進《すす》む人数《にんずう》は決《き》まっておりません。」

おどろきの発表《はっぴょう》で、会場《かいじょう》がざわついた。

「全国各地《ぜんこくかくち》の審査員《しんさいん》たちが、厳正《げんせい》な基準《きじゅん》で決勝《けっしょう》へ進《すす》む人《ひと》を選《えら》びます。それはひとりでしょうか？　五人《にん》でしょうか？　みなさん、決勝進出《けっしょうしんしゅつ》をめざして力《ちから》いっぱいチャレンジしてください！」

かべに設置《せっち》されている大《おお》きなモニターに数字《すうじ》がうつしだされた。

「それでは、『小学生《しょうがくせい》トップ・オブ・ザ・パティシエ・コンテスト』関東地区予選《かんとうちくよせん》、スタートです！」

『残《のこ》り時間《じかん》2：30：00　……59、58……』

開会宣言《かいかいせんげん》がされ、残《のこ》り時間《じかん》のカウントダウンがはじまった。

すると３０４番《ばん》の子《こ》が、また話《はな》しかけてきた。

「さっき言《い》いわすれたから言《い》うわ。わたし、西山小五年《にしやましょうねん》の末広《すえひろ》あや美《み》。ぜったい予選突破《よせんとっぱ》して、決勝《けっしょう》へ進《すす》んで、優勝《ゆうしょう》するからおぼえておいてね。」

一方的《いっぽうてき》に宣言《せんげん》して、テキパキと動《うご》きだした。

キュッキュッ！　カチャカチャ……。ジャーッ！

なんなんだ!?　よしっ、やるぞ！　わたしは、ズルイ子《こ》じゃない。正々堂々《せいせいどうどう》と『黒《くろ》い森《もり》のケーキ』を作《つく》って、決勝《けっしょう》へ進《すす》んでみせる。

集中《しゅうちゅう》するぞ！　ココアパウダーと薄力粉《はくりきこ》をふるいにかける。それから全卵《ぜんらん》とグラニュー糖《とう》をまぜて、リボン状《じょう》になるまで湯《ゆ》せんでホイップだ。

カシャカシャカシャ――。

無心《むしん》でホイッパーを動《うご》かしているけれど、末広《すえひろ》あや美《み》ちゃんの動《うご》きが気《き》にかかる。

「なにを作《つく》るつもりだろう？」

あんなことを言《い》われたんだよ。気《き》にしない、なんてむりだ。

「ダメダメ、集中《しゅうちゅう》、集中《しゅうちゅう》しなくちゃ！」

自分《じぶん》に言《い》いきかせた。

卵《たまご》とグラニュー糖《とう》の中《なか》へ粉類《こなるい》を入《い》れ、サックリまぜた。とかしバターと牛乳《ぎゅうにゅう》をくわえて生地《きじ》の完成《かんせい》だ。

型《かた》に入《い》れ、百八十度《ど》のオーブンで約《やく》二十分《ぷん》焼《や》こう。

末広《すえひろ》さんは、ピンク色《いろ》の液体《えきたい》を作《つく》り終《お》え、型《かた》へ流《なが》しこんでいるところだ。……この香《かお》りはいちごのムースだね。

鼻《はな》で確認《かくにん》したら、ちょっとこころが落《お》ちついた。

わたしは次《つぎ》の作業《さぎょう》にとりかかった。

チェリークリームを作《つく》り、次《つぎ》はチョコレートクリームだ。チョコレートを細《こま》かくきざみ、沸騰《ふっとう》させた生《なま》クリームの中《なか》へ入《い》れる。クロエ先生《せんせい》に注意《ちゅうい》されたところに気《き》をつけて、少《すこ》しずつ、ホイッパーでよくまぜながらね。ザラつかないよう、なめらかなクリームになるよう、ていねいに、ていねいに……。いいぞ、なめらかだ。それを氷水《こおりみず》で冷《ひ》やした。

次《つぎ》はホイップクリームを作《つく》る。これで『黒《くろ》い森《もり》のケーキ』のパーツが、できあがった。

「いよいよ、組《く》み立《た》てだ。」

モニターで残《のこ》り時間《じかん》の確認《かくにん》をしたら、あと四十分《ぷん》もある。

フーッ……。

ひと息《いき》ついたら、カノンの顔《かお》がうかんだよ。順調《じゅんちょう》に進《すす》んでいるかな？

12　それぞれのコンテスト

受付番号《うけつけばんごう》３１１番《ばん》、村木《むらき》カノンです。

スタートしてから五十分《ぷん》たちました。スポンジケーキが焼《や》けて、ケーキレストで休《やす》ませているところです。焼《や》きあがりが美《うつく》しくて、きんちょうがやっとほどけてきた感《かん》じ！

スポンジケーキを焼《や》いている間《あいだ》に、リンゴのコンポートも作《つく》ったよ。あのね、ギリギリでレシピを変《か》えたんだ。時間《じかん》を節約《せつやく》するために、リンゴを四つにカットしてから、シロップで煮《に》たの。それからできあがりが地味《じみ》な色《いろ》だから、赤《あか》いリンゴの皮《かわ》といっしょに煮《に》こむことにしたの。こうするとリンゴがピンク色《いろ》にそまるんだよ。

次《つぎ》はバタークリーム作《づく》りだ。

ボウルにバターを入《い》れ、ハンドミキサーのスイッチを入《い》れた。ギュルルルーッ。

バターが白《しろ》っぽくなるまで、ホイップした。そしてカスタードクリームを作《つく》る。わたしのバタークリームは、カスタードクリームとバターをまぜて作《つく》るタイプなの。

バターの中《なか》へカスタードクリームを三分《ぶん》の一くわえ、ハンドミキサーでていねいにまぜる。少《すこ》しずつカスタードクリームを入《い》れては、まぜる。

そして、ほんのりレモン色《いろ》でツヤツヤなバタークリームができあがった。

さぁ、準備《じゅんび》はできた。『バラの飾《かざ》りしぼり』を作《つく》ろう。

「気《き》をひきしめていかないと……。」

小《ちい》さな声《こえ》で、つぶやいた。

わたしが作《つく》るのは、バラのデコレーションケーキ。

バラ作《づく》りが失敗《しっぱい》したら、すべておしまい。そう思《おも》ったら、心臓《しんぞう》がドキドキしてきた。いろいろな音《おと》、香《かお》りがする。まわりが気《き》になって、バラしぼりがはじめられない……。

「集中《しゅうちゅう》しろ、カノン！」

わたしは、自分《じぶん》に言《い》いきかせた。

右手《みぎて》にバタークリームが入《はい》ったしぼり袋《ぶくろ》を持《も》ち、左手《ひだりて》にプリン型《がた》をとった。

このプリン型《がた》はアルミ製《せい》で、底《そこ》にバタークリームでクッキングシートをはりつけてある。

呼吸《こきゅう》を整《ととの》え、右手《みぎて》でバタークリームをしぼりだし、手首《てくび》をクイッと回転《かいてん》させてクリームをしぼった。きれいなバラの芯《しん》ができた。

あとはこの芯《しん》にバラの花《はな》びらを巻《ま》きつけるように、しぼるんだよ。クイッ、クイッとわたしは五枚《まい》の花《はな》びらをしぼり、ひとつ目《め》のバラが完成《かんせい》した。

「かんぺき……。」

芯《しん》はまっすぐ、花《はな》びらは美《うつく》しく反《そ》りかえってる。ひとつ目《め》がうまくいって、楽《たの》しくなってきた。この調子《ちょうし》でいくぞ！

わたしは次々《つぎつぎ》とバラをしぼった。七つのカワイイバラができあがった。クリームが余《あま》ったから、つぼみも作《つく》ってみたよ。

「超《ちょう》キュート！」

わたしはできあがりに大満足《だいまんぞく》。プリン型《がた》についたままのバラをバットにならべ、冷凍庫《れいとうこ》へ入《い》れた。

次《つぎ》はリンゴのコンポートのバラ作《づく》りだ。

このコンポートは、細工《さいく》しやすいように少《すこ》し固《かた》めに煮《に》たんだ。まな板《いた》の上《うえ》で、うすくスライスして、花《はな》びらを作《つく》る。

それをラップをしいたバットの中《なか》でバラの形《かたち》に組《く》み立《た》てる。大《だい》、中《ちゅう》、小《しょう》三つ作《つく》ってくずれないようにしんちょうに、冷凍庫《れいとうこ》へ入《い》れた。

ふーっ……。ひと息《いき》ついて、気《き》がついた。わたし、時計《とけい》を見《み》ないで作《つく》ってた！

残《のこ》り時間《じかん》は、どれくらい？　モニター画面《がめん》は【残《のこ》り時間《じかん》0：35】ってことは、『時間《じかん》の貯金《ちょきん》』を引《ひ》くと、あと二十五分《ふん》!?

すぐにスポンジケーキをカットしなきゃ。

均等《きんとう》な厚《あつ》さで三枚《まい》にスライスした。一枚目《まいめ》のスポンジにシロップをハケでぬり、次《つぎ》にフランボワーズピュレもぬった。ジワジワとスポンジケーキの表面《ひょうめん》がピンクにそまった。シロップを先《さき》にぬってよかった。練習《れんしゅう》で作《つく》ったときより、しっとりしているぞ。

わたしはホッとして作業《さぎょう》を進《すす》めた。さぁ、次《つぎ》はホイップクリームをはさまなきゃ……。

パレットナイフを動《うご》かしながら、渚《なぎさ》を思《おも》いだした。

渚《なぎさ》、ロールケーキをうまく巻《ま》けたかな？　人見知《ひとみし》りだから、あがって失敗《しっぱい》していないといいけどな。


受付番号《うけつけばんごう》３３５番《ばん》、山本渚《やまもとなぎさ》。

調理台《ちょうりだい》の上《うえ》に、使《つか》いなれた道具《どうぐ》をならべた。手順《てじゅん》は頭《あたま》に入《はい》っている。

はじめにスポンジケーキの生地作《きじづく》りだ。

とにかく、素早《すばや》く！　オレのケーキはロールケーキ。もしも『巻《ま》く』作業《さぎょう》が失敗《しっぱい》したら、予選落《よせんお》ちは確実《かくじつ》だ。

落《お》ちついて巻《ま》くために、『時間《じかん》の貯金《ちょきん》』をふやしておく作戦《さくせん》なんだ。それに万《まん》が一《いち》、巻《ま》きに失敗《しっぱい》してもあきらめない。じつはオレ、材料《ざいりょう》を二台分用意《だいぶんようい》してきたんだぜ。

生地《きじ》の材料《ざいりょう》をボウルへ入《い》れて、ホイッパーでホイップ。

カッカッカッ！　カッカッカッ！

「あれ……？」

卵液《たまごえき》の状態《じょうたい》が、おかしい……。いつもなら、フワフワになっているころなのに。思《おも》いどおりにふくらまない。心《しん》臓《ぞう》がドキドキしてきた。

卵《たまご》が古《ふる》かった？　湯《ゆ》せんの温度《おんど》が低《ひく》い？　卵《たまご》に水《みず》が入《はい》った？

考《かんが》えられるすべてを、確認《かくにん》した。

そんなミスはしていない。なのに、卵《たまご》はフワフワになってくれない。

「あせるな、考《かんが》えろ！」

自分《じぶん》で自分《じぶん》に言《い》いきかせた。

そういえば、今日《きょう》は手首《てくび》が、動《うご》かしづらいな。いつもと感覚《かんかく》がちがう。湯《ゆ》せんのボウル

を支《ささ》えている左手《ひだりて》、ホイッパーを動《うご》かす右手《みぎて》、なにかがちがう！

「なにが、ちがうんだ？」

ひとり言《ごと》を言《い》って、気《き》がついた。

わかった、調理台《ちょうりだい》の高《たか》さだ。クロエ先生《せんせい》のキッチンより、この調理台《ちょうりだい》は、ほんの少《すこ》し高《たか》いんだ。

だから手《て》の位置《いち》がいつもとちがってくる。ホイップする角度《かくど》がちがって、力《ちから》が微妙《びみょう》にぬけていたんだ。だから、うまくホイップできないんだ。

どうする？　そうだ……！

オレはハンドミキサーを思《おも》いだした。クロエ先生《せんせい》のキッチンを出《で》るとき、村木《むらき》が持《も》っていくように言《い》ったんだ。

ギュルルルルー。

モーターがいきおいよく動《うご》きだし、卵液《たまごえき》はみるみるフワフワになった。オレは一気《いっき》におくれをとりもどした。

「村木《むらき》、サンキュー……。」

オレはこころの中《なか》でお礼《れい》を言《い》った。

フワフワ卵液《たまごえき》にふるった粉《こな》、とかしバターをくわえて生地《きじ》のできあがり。二百度《ど》に設定《せってい》したオーブンでタイマーを十二分《ふん》にセットした。

焼《や》きあがるまでに、コンフィチュール作《づく》りだ。マンゴーをふたつとりだし、ひとつを一・五センチ角《かく》にカット、それをボウルの中《なか》へ入《い》れる。もうひとつのマンゴーは軽《かる》くつぶしてなべの中《なか》へ入《い》れ、グラニュー糖《とう》とレモン汁《じる》をくわえ、火《ひ》にかけた。

火《ひ》にかける時間《じかん》は短《みじか》く、手早《てばや》く冷《さ》ます。これがマンゴーのコンフィチュールを色《いろ》よく仕《し》上《あ》げるコツなんだ。

できあがったものを、角切《かくぎ》りマンゴーの入《はい》ったボウルの中《なか》へ入《い》れ、手早《てばや》くまぜた。フレッシュなマンゴーに濃厚《のうこう》なコンフィチュールが合《あ》わさり、香《かお》り立《た》った。審査員《しんさいん》の先生《せんせい》が、ハッとふりむいた。

よしっ、いいぞ！　バットに広《ひろ》げ、粗熱《あらねつ》をとってから冷蔵庫《れいぞうこ》へ入《い》れた。

おっ、オーブンがピピッと鳴《な》った。焼《や》きあがりをチェックして、天《てん》パンからはずした。焼《や》き面《めん》を上《うえ》にして、ケーキレストで休《やす》ませた。

どんどんいくぞ……。

次《つぎ》はホイップクリーム作《づく》りだ。モニターを見《み》ると、残《のこ》りは一時間近《じかんちか》くある。

ホッとしたら、急《きゅう》にとなりの人《ひと》が気《き》になりだした。

オレより小《ちい》さな男子《だんし》。たぶん三年生《ねんせい》くらいかな。なんと、ふみ台持参《だいじさん》だ。さっきから、コンロの前《まえ》で格闘《かくとう》している。きっと、あれはカスタードクリームだ。

いっしょうけんめいなうしろ姿《すがた》を見《み》ていたら、つばさちゃんのことが、気《き》になってきた。

つばさちゃん、どんなケーキを作《つく》っているのかな？

つばさです。

わたしの番号《ばんごう》は315番《ばん》。同《おな》じ調理台《ちょうりだい》の316番《ばん》の子《こ》は、パイ生地《きじ》をたたむのがうまそうな、体《からだ》の大《おお》きな女《おんな》の子《こ》です。

同《おな》じ調理台《ちょうりだい》で知《し》らない人《ひと》と作業《さぎょう》するのって大変《たいへん》ね。気《き》にしないつもりでも、つい、気《き》になって見《み》てしまう。

わたしはタルト生地《きじ》をこねながら、316番《ばん》の子の手《こて》もとを見《み》た。

わぁ、すごいいきおいで卵《たまご》をホイップしはじめたわ。きっとスポンジケーキね。わたしは自分《じぶん》のケーキとタイプがちがってホッとした。

タルト生地《きじ》をふたつにわけ、それぞれを厚手《あつで》のポリ袋《ぶくろ》に入《い》れ、冷蔵庫《れいぞうこ》の中《なか》へ。タルトは生地《きじ》を寝《ね》かせることが大切《たいせつ》だものね。

この時間《じかん》を使《つか》って『ダマンド』生地《きじ》を作《つく》ろう。『ダマンド』ってアーモンド・パウダーとバター、グラニュー糖《とう》で作《つく》る生地《きじ》なの。

みんながよく知《し》っているタルトって、クッキー生地《きじ》をから焼《や》きして、そこへホイップクリームやカスタードクリームをしぼり、いちごやブルーベリーをならべるでしょ。

わたしが作《つく》るタルトは、フルーツをダマンド生地《きじ》で『焼《や》きこむ』タルトなの。ダマンドはしっとりしてリッチ！　アプリコットは、水分《すいぶん》が飛《と》んで味《あじ》がクッキリ濃厚《のうこう》になるのよ。

「そろそろ焼《や》きこむ準備《じゅんび》をしなくちゃ。」

わたしはモニターの残《のこ》り時間《じかん》を見《み》て思《おも》った。

冷蔵庫《れいぞうこ》からタルト生地《きじ》を出《だ》し、ポリ袋《ぶくろ》の上《うえ》から、めん棒《ぼう》で四ミリの厚《あつ》さまでのばす。

「うん、厚《あつ》さが同《おな》じにできた。」

はさみでポリ袋《ぶくろ》を切《き》り、片面《かためん》だけ生地《きじ》を出《だ》した。それをタルト型《がた》にかぶせたら、裏《うら》のポリ袋《ぶくろ》をはずす。うすい生地《きじ》もこうするとじょうずにタルト型《がた》にのせることができるのよ。

ていねいに生地《きじ》をうめこみ、百八十度《ど》に設定《せってい》したオーブンへ入《い》れて二十分《ぷん》のタイマーをかけた。

タルトの中身《なかみ》をわすれているって？　だいじょうぶ！　これは『半焼《はんや》き』といって、タルトの中身《なかみ》を入《い》れるまえに、軽《かる》く型《かた》を焼《や》くレシピなの。

さぁ、デコレーションに使《つか》うクッキー作《づく》りにとりかかろう。わたしは冷蔵庫《れいぞうこ》で寝《ね》かせておいた、もうひとつのポリ袋《ぶくろ》を出《だ》した。そう、タルトと同《おな》じ生地《きじ》でクッキーを作《つく》るの。かしこい『時間短縮作戦《じかんたんしゅくさくせん》』でしょ！

めん棒《ぼう》で厚《あつ》さ四ミリにのばし、クッキングシートで作《つく》った大《おお》きな羽《はね》とハートの型紙《かたがみ》をあてて、カットした。

オーブンの時間《じかん》を見《み》たら、残《のこ》り時間《じかん》があと十分《ぷん》だ。

練習《れんしゅう》したとおり、かんぺきなタイミングだわ。

わたしはオーブンを一時停止《いちじていし》して、クッキー生地《きじ》をならべた天《てん》パンをサッと入《い》れ、一時《いちじ》停止《ていし》を解除《かいじょ》した。

一度設定《いちどせってい》したオーブンへ時間差《じかんさ》で入《い》れれば、タルト型《がた》とクッキーが同時《どうじ》にできあがるでしょ。これも『時間短縮作戦《じかんたんしゅくさくせん》』です。

いいリズムで作業《さぎょう》が進《すす》んでいるな。

そろそろアプリコットのコンポートも用意《ようい》しておこう。

わたしは密閉容器《みっぺいようき》のふたをあけ、アプリコットのコンポートをとりだした。

これは、わたしが七月《がつ》に作《つく》ったコンポートなの。ママのお友《とも》だちの知《し》り合《あ》いが、軽井沢《かるいざわ》で果樹園《かじゅえん》を経営《けいえい》していて、そこのアプリコットをとりよせて作《つく》り、冷凍保存《れいとうほぞん》しておいたのよ。

――ピピッ！

オーブンが焼《や》きあがりを告《つ》げた。焼《や》き色《いろ》をチェックして、クッキーをとりだし、タルトは型《かた》からはずして、ケーキレストで冷《さ》ます。

モニターの時間《じかん》を見《み》たら、残《のこ》り時間《じかん》は一時間以上《じかんいじょう》ある。タルト型《がた》の粗熱《あらねつ》がとれるまで、あらいものをしておこう。

スッキリした調理台《ちょうりだい》でタルトの仕上《しあ》げにかかった。タルト型《がた》の中《なか》にダマンド生地《きじ》を入《い》れる。タルトが割《わ》れないよう、しんちょうに手早《てばや》く……。

そしてアプリコットをならべ、残《のこ》りのダマンド生地《きじ》をくわえ、オーブンの中《なか》へ入《い》れ、タイマーを二十分《ぷん》に設定《せってい》した。

いよいよデコレーションね。塾《じゅく》の夏期特訓《かきとっくん》の合間《あいま》に練習《れんしゅう》した、『アイシング』の準備《じゅんび》にとりかかった。

ボウルに卵白《らんぱく》と粉砂糖《こなざとう》を入《い》れ、ハンドミキサーで一気《いっき》に泡立《あわだ》てた。なめらかでまっ白《しろ》なアイシングの生地《きじ》ができあがった。

これを小《こ》わけにして、粉末《ふんまつ》の色粉《いろこ》をちょっとくわえて、よーくまぜる……。できたぞ！　レモンイエロー、オレンジ、そして色《いろ》をつけてない白《しろ》の、三種類《しゅるい》の生地《きじ》ができあがった。

それからクッキングシートをクルッとまるめて、コルネを三つ作《つく》る。そのコルネの中《なか》に、三色《しょく》の生地《きじ》を入《い》れたら、準備完了《じゅんびかんりょう》！

これがわたしの考《かんが》えたデコレーション――。天使《てんし》の羽《はね》とハートのクッキーに、アイシングで絵《え》をかくんだ。

呼吸《こきゅう》を整《ととの》え、コルネの先端《せんたん》二ミリをはさみで切《き》り、クッキーの上《うえ》で一気《いっき》にコルネを動《うご》かしてしぼりだした。

しっとりサックリ、絶品《ぜっぴん》のアプリコットタルト。そこへ「カワイイ」をプラスして、審査員《しんさいん》をビックリさせるために、ガンバレつばさ！

わたしは自分《じぶん》をはげました。残《のこ》り時間《じかん》が気《き》にかかり、モニターで確認《かくにん》したとき、すばるちゃんの顔《かお》が見《み》えた。

――なにかあったの!?

はなれているからハッキリは見《み》えないけれど、すばるちゃん、こまった顔《かお》をしている。

「どうしたの？」ってたしかめたい。でも、自分《じぶん》の調理台《ちょうりだい》からはなれるわけには、いかない。

これがコンテスト。困難《こんなん》なことがあっても、自分《じぶん》の力《ちから》で進《すす》まないといけない。

「がんばれ、すばるちゃん。」

こころの中《なか》ではげまして、わたしはアイシングを再開《さいかい》した。

303番《ばん》、星野《ほしの》すばる――。わたし、どうしていいか、わからなくなってる。

『黒《くろ》い森《もり》のケーキ』を組《く》み立《た》て終《お》わって、仕上《しあ》げのデコレーションをしようとしたら
……。

ない!? わたしのチョコレートがない!

ない、ない! どこにも、ない……。

まさか、末広《すえひろ》さんのところに、まぎれこんでいる?

「あの、末広《すえひろ》さん。わたしの板《いた》チョコレート、見《み》なかったかな?」

「知《し》らないわ。冷蔵庫《れいぞうこ》へ入《い》れたんじゃない?」

末広《すえひろ》さんは顔《かお》も上《あ》げずに言《い》った。ピンクのマカロンにとかしたホワイトチョコレートを
つけては、ムースケーキにのせてる。

くやしいけれど、かわいい……。

「そんなことは、ない。だって『チョコレートは室温《しつおん》で保管《ほかん》するように。』って、クロエ先生《せんせい》が——。」

わたしは、そう答《こた》えてあわてて口《くち》をつぐんだ。

「へー、そうなんだ。あや美《み》、冷蔵庫《れいぞうこ》へ入《い》れて保管《ほかん》してたわ。先生《せんせい》から教《おそ》わってる『パティシエ見習《みなら》いさん』は、ちがうんだね。」

その言葉《ことば》に、ハッとして冷蔵庫《れいぞうこ》をあけた。

「あった！」

わたしの板《いた》チョコレートが、冷蔵庫《れいぞうこ》の中《なか》に入《はい》っていた。

あわてて手《て》にとった。冷《つめ》たい——。

「ごめんなさーい。わたし、まちがえて『パティシエ見習《みなら》いさん』のチョコまで、冷蔵庫《れいぞうこ》へ入《い》れてしまってたのね。」

末広《すえひろ》さんがあやまった。

いそいで板《いた》チョコレートにナイフをあて、けずってみた。

「えっ、どうして……!?」

冷《ひ》えたチョコレートは、どんなにていねいにけずっても、ザクザクした細《こま》かな粒《つぶ》にしかならない。

『黒《くろ》い森《もり》のケーキ』のけずったチョコレートには、意《い》味《み》がある。

雪《ゆき》の上《うえ》に落《お》ちた枯《か》れ葉《は》のように、うすくハラハラとしてなくちゃ……。

それが、ボソボソでザクザクなんて。

ジワーッとナミダが出《で》てきた。

まさか……!? 末広《すえひろ》さん、わざと、わたしのチョコレートを冷蔵庫《れいぞうこ》に入《い》れたの?

「ズルイ子《こ》に負《ま》けたくない。」そう言《い》ってた。だから、わたしの妨害《ぼうがい》をしたの?

動《うご》けなくなったわたしを、あや美《み》ちゃんが、チラッと見《み》た。そして……。

「304番《ばん》、完成《かんせい》しました!」

大《おお》きな声《こえ》で言《い》った。

コンテスト事務局《じむきょく》の人《ひと》がサッと近《ちか》づき、完成《かんせい》したケーキを『撮影《さつえい》ブース』へ運《はこ》んでいった。

それから次々《つぎつぎ》と声《こえ》が上《あ》がりだした。この声《こえ》はカノン、渚《なぎさ》？　それとも……つばさちゃん？　頭《あたま》の中《なか》が混乱《こんらん》して、なにもわからない。

わたし、どうしよう……。

かんぺきな『黒《くろ》い森《もり》のケーキ』を作《つく》るって決《き》めたのに、こんな冷《ひ》えたチョコレートじゃ、デコレーションに使《つか》えない、もうダメ――。

わたしは、モニターを見《み》た。

『残《のこ》り時間《じかん》0：10：45、44、43……』

もう十分《ぷん》しかない……。

と、思《おも》ったときにわたしはクロエ先生《せんせい》の言葉《ことば》を思《おも》いだした。

『時間《じかん》の貯金《ちょきん》』！

あと十分《ぷん》もある。あきらめるな、すばる。考《かんが》えろ、考《かんが》えろ……。そうだ！

わたしはチョコレートに銀紙《ぎんがみ》を巻《ま》き、両手《りょうて》のひらでギュッとはさんだ。冷《ひ》えたチョコ

00:09
00:08:50
00:08:40
00:08:30
00:08:20
00:08:20

レートの冷気《れいき》が、ジンジンと手《て》のひらへ伝《つた》わってくる。

そのままの姿勢《しせい》で、モニターで時間《じかん》をはかった。【残《のこ》り時間《じかん》0：09】一分《ぷん》たった。わたしは、チョコレートから手《て》をはなした。

そしてふたたび、ナイフでけずってみた。

シュッ、シュッ――。

手《て》のひらでチョコレートが温《あたた》まり、理想《りそう》の形《かたち》にけずれるようになってる！

けずっては温《あたた》め、けずっては温《あたた》めて、わたしはチョコレートをけずり終《お》えた。それをまっ白《しろ》なケーキのまんなかに、こんもりのせた。

もうひと息《いき》だ……。

「終了《しゅうりょう》まで、残《のこ》り二分《ふん》です！」

調理《ちょうり》会場《かいじょう》にスタッフの声《こえ》がひびいた。

わたしはホイップクリームで飾《かざ》りをしぼり、その上《うえ》にチェリーのコンポートをのせた。

「303番《ばん》、できました!!」

そう言《い》って、思《おも》いっきり手《て》をあげた。

「――三十秒《びょう》まえ……10、9、8、7、6、5、4、3、2、1。終了《しゅうりょう》です――。」

まにあったんだ……。ホッとして、立《た》ちつくすわたしの前《まえ》に事務局《じむきょく》の人《ひと》がやってきて、『黒《くろ》い森《もり》のケーキ』を撮影《さつえい》ブースへ運《はこ》んでいった。

審査員《しんさいん》の人《ひと》たちが、試食審査《ししょくしんさ》でケーキをカットするまえに『完成《かんせい》した状態《じょうたい》』を記録《きろく》しなくちゃいけないからね。

わたしは『黒《くろ》い森《もり》のケーキ』の撮影《さつえい》が終《お》わり、ひかえ室《しつ》に入《はい》った。

「星野《ほしの》さん！」

わたしを呼《よ》ぶ声《こえ》がした。あぁ、クロエ先生《せんせい》の声《こえ》だ。

「がんばりましたね……。」

にっこりほほえむ顔《かお》を見《み》たら、ナミダが出《で》た。

「クロエ先生《せんせい》……。」

「すばる、泣《な》くのは早《はや》いぞ！」

カノン、渚《なぎさ》、つばさちゃんがかけよってきた。みんないい顔《かお》をしている。

全力《ぜんりょく》でケーキを作《つく》って、体《からだ》はクタクタ。頭《あたま》の中《なか》は空《から》っぽ。まるで、ぬけがらみたいだな。

どれくらい時間《じかん》がたったのだろう。マイクを持《も》った女《おんな》の人《ひと》が入《はい》ってきた。

「参加者《さんかしゃ》のみなさん、おまたせしました。審査結果《しんさけっか》の発表《はっぴょう》です。」

ひかえ室《しつ》で、発表《はっぴょう》？

会場《かいじょう》がザワザワしだした。

スーッと正面《しょうめん》にかかっていた幕《まく》が上《あ》がり、ステージがあらわれた。

「スゲー、大《おお》きなモニターだ。」

渚《なぎさ》が言《い》った。

『審査結果《しんさけっか》・関東地区《かんとうちく》より決勝進出者《けっしょうしんしゅつしゃ》は、五名《めい》に決定《けってい》』

大《おお》きな文字《もじ》がうつしだされた。

わたしの胸《むね》は、いままで感《かん》じたことがないほど、ドキドキしている。ドキドキしすぎて、苦《くる》しくなってきた。

13 結果《けっか》発表《はっぴょう》、全国大会《ぜんこくたいかい》への切符《きっぷ》は!?

「審査《しんさ》結果《けっか》を発表《はっぴょう》するまえに、審査《しんさ》方法《ほうほう》の説明《せつめい》をします。」

クリバヤシさんがマイクの前《まえ》で説明《せつめい》をはじめた。

「審査《しんさ》項目《こうもく》は四つ。一　ケーキの美《うつく》しさ、二　ケーキのおいしさ、三　技術力《ぎじゅつりょく》、四　挑戦力《ちょうせんりょく》です。」

会場《かいじょう》がザワッとした。一、二、三は理解《りかい》できる。でも、四の挑戦力《ちょうせんりょく》ってなんだろう？

「各項目《かくこうもく》を五点満点《てんまんてん》としました。つまり五名《めい》の審査員《しんさいん》がすべての項目《こうもく》に満点《まんてん》をつけると、百点《ひゃくてん》になります。関東地区《かんとうちく》はレベルの高《たか》い戦《たたか》いとなりました。協議《きょうぎ》の結果《けっか》、点数上位《てんすうじょうい》の五名《めい》を決勝出場者《けっしょうしゅつじょうしゃ》と認定《にんてい》します。」

関東地区《かんとうちく》からは五名《めい》……。その五名《めい》に、わたしは入《はい》っているのかな？　カノンは？　渚《なぎさ》は？　つばさちゃんは？

心臓《しんぞう》のドキドキが、バクバクに変《か》わった。

「それでは発表《はっぴょう》です。関東地区第一位《かんとうちくだいい》は90点《てん》、３０４番《ばん》、末広《すえひろ》あや美《み》さんです。」

発表《はっぴょう》と同時《どうじ》に、大《おお》きな画面《がめん》にケーキがうつしだされた。

ハート形《がた》のピンクのムースのケーキだ。

わたしに勝手《かって》にライバル宣言《せんげん》した、末広《すえひろ》あや美《み》ちゃんが、一位《い》に選《えら》ばれた……。

「はいっ！」

あや美《み》ちゃんは元気《げんき》に返事《へんじ》をして、ステージへ向《む》かって歩《ある》きだした。

そして、みんなの前《まえ》に出《で》るとき、チラッとわたしを見《み》た。

「とてもかわいいケーキです。かわいいだけではなく、技術力《ぎじゅつりょく》の高《たか》いケーキでした。ハート形《がた》のスポンジケーキの上《うえ》にいちごのムースを重《かさ》ねたデザインもいいです。」

クリバヤシさんが、審査《しんさ》のポイントを話《はな》しはじめた。

「――デコレーションのハート形《がた》のマカロンもサクッとできました。ムースでマカロンが湿《しめ》らないよう、チョコレートでコーティングしてから飾《かざ》りましたね。細《こま》かい工夫《くふう》がされ、とてもよかったです。」

最高《さいこう》の評価《ひょうか》だ。あたりまえだよね、いちばんなんだもん。くやしい気持《きも》ちをおさえて、わたしは前《まえ》を見《み》た。

「次《つぎ》は第《だい》二位《い》の発表《はっぴょう》です。得点《とくてん》は88点《てん》、315番《ばん》、緑川《みどりかわ》つばささん。」

つばさちゃんの顔《かお》が、パッとかがやいた。そして画面《がめん》にレモンイエローの羽《はね》でデコレーションされたタルトがうつしだされた。

「アーモンド生地《きじ》のダマンドと、アプリコット・コンポートがよくマッチしていました。デコレーションのアイシングクッキーもきれいに仕上《しあ》がってます。ベーシックなタルトを大胆《だいたん》にデコレーションしたことが、よかったです。」

地味《じみ》になりがちの焼《や》きこみタイプのタルトを、楽《たの》しくポップに仕上《しあ》げるなんて。わたしは、つばさちゃんの大胆《だいたん》なアイディアに感心《かんしん》した。

「羽《はね》の形《かたち》のクッキーにかいたレースもよう、なんて細《こま》かいんだろう……。ハート形《がた》のクッキーのリボンと花《はな》もようもすごくじょうず。いっぱい練習《れんしゅう》しないと、あんなふうにできないね。すごい技術《ぎじゅつ》だわ……。」

カノンがため息《いき》をついた。

「あと、三人《にん》か……。」

渚《なぎさ》がつぶやいた。

わたしは、きんちょうと心配《しんぱい》で、たおれてしまいそうだ。

「予選通過第三位《よせんつうかだいい》は87点《てん》、ふたりいます。335番山本渚《ばんやまもとなぎさ》くんと311番《ばん》、村木《むらき》カノンさんです。」

チョコレートクリームとキャラメリゼしたナッツのロールケーキと、バラいっぱいのデコレーションケーキが、モニター画面《がめん》にうつしだされた。

うれしそうに、壇上《だんじょう》に立《た》つカノンと渚《なぎさ》。

ふたりを見《み》ていたら、こころがチクッとした。あれ、こころがいたい……。

どんどんいたくなるから、いたくないふりをして、壇上《だんじょう》のふたりにV《ブイ》サインを出《だ》して、ニッコリ笑《わら》ってみせた。

だいじょうぶ、わたしは、きっとだいじょうぶ……。

「ロールケーキのスポンジがとてもよい状態《じょうたい》でした。『巻《ま》き』もきれいでした。きっとなんども練習《れんしゅう》をしたのでしょう。マンゴーのコンフィチュール、チョコチップ、ホイップクリームの割合《わりあい》もよくおいしかったです。もう少《すこ》しデザインで冒険《ぼうけん》をしてもいいですね。」

審査員《しんさいん》の先生《せんせい》にほめられて、渚《なぎさ》がニッコリした。

「さて、同点《どうてん》の村木《むらき》さんです。今回《こんかい》ただひとりのバタークリームケーキでした。バラの飾《かざ》りしぼりはかんぺきです。ここが評価《ひょうか》のポイントでした。ベビーピンクと白《しろ》のケーキデザインも美《うつく》しいですね。ただ、スポンジケーキの中《なか》に工夫《くふう》がほしいところでした。」

カノンがほっぺを赤《あか》くしてる。残《のこ》りはあとひとりになった。

もう、ダメかもしれない……。

「そして最後《さいご》の予選通過《よせんつうか》は、303番《ばん》、星野《ほしの》すばるさんです。」

画面《がめん》にわたしが作《つく》った『黒《くろ》い森《もり》のケーキ』がうつしだされた。予選通過《よせんつうか》したんだ……。

ホッとして、力《ちから》がぬけそうだ。ゆっくり、前《まえ》に進《すす》みでた。

「挑戦《ちょうせん》を感《かん》じさせないケーキでしたが、ひとつひとつの技術《ぎじゅつ》が安定《あんてい》していました。とてもよく練習《れんしゅう》したのでしょう。味《あじ》のバランスもすばらしかったです。それになにより、マイナスポイントがいちばん少《すく》ないケーキでした。そこが評価《ひょうか》されました。」

そんなぁ……。

『黒《くろ》い森《もり》のケーキをマスターしたら、すばらしいパティシエになれる。』

その言葉《ことば》を信《しん》じて、がんばってきたのに――。

こんな評価《ひょうか》って……。わたしは、呆然《ぼうぜん》と立《た》ちつくした。


コンテストって残酷《ざんこく》だ。あんなにドキドキワクワクしたのに、終《お》わってしまったら現実《げんじつ》にもどって、あとかたづけをして、帰《かえ》るだけなんだもん。

結果《けっか》は、四人《にん》ともよかった。でも、でも、わたしはいちばん点数《てんすう》が低《ひく》かった……。

段《だん》ボール箱《ばこ》に、荷物《にもつ》をかたづけていたら、ガマンできなくなった。

悲《かな》しくて、くやしくて、ナミダがあふれてきた。

「ごめん、ちょっとトイレ！」

泣《な》き顔《がお》を見《み》られたくなくて、ひとりでトイレに行《い》った。鏡《かがみ》にうつる、情《なさ》けない顔《かお》のわたし。ダメだ。こんな顔《かお》していたら、みんなが心配《しんぱい》するね。

ペチペチとほっぺをたたいて、ニカッと笑《わら》ってトイレを出《で》た。

えっ、ヤバイ。帰《かえ》り道《みち》がわからない。迷子《まいご》になってしまったぞ。

シーンとしているろうかを、右《みぎ》に走《はし》って、左《ひだり》に走《はし》って……。

「ワッ!?」

男《おとこ》の人《ひと》とはち合《あ》わせしてしまった。

「ご、ごめんなさい！　出口《でぐち》がわからなくなって……。」

あわててあやまった。あっ、クリバヤシさんだ。

「だいじょうぶ？　出口《でぐち》は右《みぎ》のドアの先《さき》だよ。」

そう言《い》って、クリバヤシさんは歩《ある》きだした。こころが、グッとなった。

「あの……なぜ、なぜわたしが五人《にん》の中《なか》で最下位《さいかい》なんですか？」

自分《じぶん》でもおどろくようなことを口走《くちばし》っていた。

クリバヤシさんが、ふりむいた。

「あぁ、黒《くろ》い森《もり》のケーキを作《つく》った子《こ》だね。すばらしかったよ。味《あじ》も技術《ぎじゅつ》も。でもね……。」

途中《とちゅう》まで言《い》ってわたしを見《み》つめている。なんなんだろう？

「君《きみ》はケーキが好《す》きなの？」

そう言《い》って、わたしを見《み》た。

好《す》きに決《き》まってる。だからクロエ先生《せんせい》のところで習《なら》って、パティシエ見習《みなら》いとしてお客《きゃく》さまのためにケーキを作《つく》ってる。

なぜ、そんなことを言《い》うの？　クリバヤシさんは、わたしがパティシエをめざしていること、わかっているのに。萬年堂《まんねんどう》さんで会《あ》って、話《はな》したのに……。

「好《す》きです。だから、いっしょうけんめい、まちがえずに作《つく》りました！」

「そのようだね。だけど、あのケーキからは『君《きみ》の思《おも》い』は伝《つた》わらなかった。魅力《みりょく》がなかったんだ。」

えっ……!? こころが苦《くる》しくて、なにも言《い》えない。

わたしはその場《ば》に立《た》ちつくし、遠《とお》ざかるクリバヤシさんの足音《あしおと》をきいていた。

「……すばるー！」

遠《とお》くで、カノンの声《こえ》がした。

「迷子《まいご》のすばるー。どこだー？」

渚《なぎさ》の声《こえ》が、少《すこ》しずつ近《ちか》づいてくる。

こんな顔《かお》を見《み》せたら、ふたりに心配《しんぱい》かけちゃう……。わたしは、苦《くる》しい気持《きも》ちをグッとこらえて、声《こえ》のするほうへ走《はし》りだした。


『パティシエ・コンテスト！ ②決勝《けっしょう》』につづく☆

すばるといっしょに、3種類《しゅるい》のコンフィチュールを作《つく》ろう！

素材《そざい》のおいしさをギュッととじこめて作《つく》るコンフィチュール、いろんな種類《しゅるい》があって楽《たの》しいよね。

今回《こんかい》は材料《ざいりょう》が手《て》に入《はい》りやすい、3種類《しゅるい》のコンフィチュールの作《つく》り方《かた》を紹介《しょうかい》します。

甘酸《あまず》っぱい香《かお》りのいちごのコンフィチュールと、さわやかなブルーベリーのコンフィチュールは、ヨーグルトやアイスクリームにかけるとおいしいよ。濃厚《のうこう》な味《あじ》のミルクのコンフィチュールは、パンケーキやトーストによく合《あ》うんだ。わたしのお気《き》に入《い》りの食《た》べ方《かた》は、いちごとミルクのダブル使《づか》い☆　焼《や》きたてトーストにたっぷりかけると、最高《さいこう》です！

いちごのコンフィチュールの材料《ざいりょう》

●いちご　1パック（約《やく》300グラム）
●グラニュー糖《とう》　いちごの重《おも》さの30%《パーセント》の量《りょう》
（いちごが300グラムなら90グラム）
●レモン汁《じる》　大さじ1

★作《つく》り方《かた》

①いちごをサッと洗《あら》い、水気《みずけ》をきりヘタを取《と》る。
②小粒《こつぶ》のいちごは、そのまま。大《おお》きいものは半分《はんぶん》に切《き》る。いちごの重《おも》さを計《はか》り、グラニュー糖《とう》の分量《ぶんりょう》を計算《けいさん》して用意《ようい》する。
③なべの中《なか》にいちごとグラニュー糖《とう》を入《い》れる。いちごにグラニュー糖《とう》をまぶすように混《ま》ぜて30分《ぷん》ほど置《お》く。
④いちごから水分《すいぶん》が出《で》てきたらなべを弱火《よわび》にかける。いちごの水分《すいぶん》が沸騰《ふっとう》し始《はじ》めるとアクが出《で》てくるので、ていねいに取《と》る。
⑤こがさないようときどきヘラで混《ま》ぜながら中火《ちゅうび》で15～20分《ぷん》ほど煮《に》つめ、とろみがついたら、レモン汁《じる》をくわえ、一煮立《ひとにた》ちさせてできあがり。粗熱《あらねつ》をとり、びんなどに入《い》れて保存《ほぞん》する。

ブルーベリーのコンフィチュールの材料《ざいりょう》

●ブルーベリー　400グラム ●グラニュー糖《とう》　120グラム（ブルーベリーの重《おも》さの30%《パーセント》の量《りょう》）●レモン汁《じる》　大さじ１

★作《つく》り方《かた》

①ブルーベリーを軽《かる》く洗《あら》い、水気《みずけ》をきる。

②なべにブルーベリーを入《い》れ、グラニュー糖《とう》を全体《ぜんたい》にまぶすようにくわえて 30 分《ぷん》ほど置《お》く。

③グラニュー糖《とう》がとけてきたらなべを弱火《よわび》にかける。ブルーベリーから水分《すいぶん》が出《で》てきたら中火《ちゅうび》にし、アクを取《と》りながら 20 分《ぷん》くらい煮《に》つめる。こげつかないよう、ときどきヘラでかき混《ま》ぜる。

④とろみがついてきたらレモン汁《じる》をくわえ、一煮立《ひとにた》ちさせてできあがり。粗熱《あらねつ》をとり、びんなどに入《い》れて冷蔵庫《れいぞうこ》で保存《ほぞん》する。

※冷凍《れいとう》のブルーベリーを使《つか》う場合《ばあい》は、解凍《かいとう》せずなべに冷凍《れいとう》ブルーベリーとグラニュー糖《とう》を入《い》れ、すぐに弱火《よわび》にかける。後《あと》の手順《てじゅん》は同《おな》じ。

ミルクのコンフィチュールの材料《ざいりょう》

●牛乳《ぎゅうにゅう》　100cc《シーシー》 ●生《なま》クリーム　100cc《シーシー》 ●グラニュー糖《とう》　50グラム

★作《つく》り方《かた》

①牛乳《ぎゅうにゅう》、生《なま》クリーム、グラニュー糖《とう》をなべに入《い》れ、中火《ちゅうび》にかける。

②なべの中《なか》がフツフツとあたたまってきたら、ヘラでゆっくりとかき混《ま》ぜはじめる。泡《あわ》がフワーッと上《あ》がってきたら、吹《ふ》きこぼれないように弱火《よわび》にする。

③ 15 ～ 20 分《ぷん》くらいゆっくりヘラでかき混《ま》ぜながら煮《に》つめる。

④全体《ぜんたい》が濃《こ》いクリーム色《いろ》になって、とろみがついてきたらできあがり。ヘラでなべ底《ぞこ》を引《ひ》き、スッと底《そこ》が見《み》えたらできあがりの目安《めやす》。粗熱《あらねつ》がとれたらびんなどの保存容器《ほぞんようき》につめる。冷蔵庫《れいぞうこ》で保存《ほぞん》して 2 週間《しゅうかん》くらいで食《た》べきる。

♥すばるからのアドバイス♥　コンフィチュールを作《つく》るなべは、直径《ちょっけい》が20cm《センチ》くらいで深《ふか》さが 8 ～10cm《センチ》以上《いじょう》のものを使《つか》ってね。浅《あさ》いなべを使《つか》うと、煮《に》つめるときに吹《ふ》きこぼれて危《あぶ》ないよ。

いちごとブルーベリーのコンフィチュールは、素材《そざい》のおいしさが引《ひ》き立《た》つように砂糖《さとう》の分量《ぶんりょう》が少《すく》なめです。冷蔵庫《れいぞうこ》で保存《ほぞん》して１週間《しゅうかん》くらいで食《た》べきってね。

ミルクのコンフィチュールは、作《つく》りたてはトロッとしているけれど、冷《さ》めると固《かた》くなるので煮《に》つめすぎに注意《ちゅうい》して。

●「やけどに気《き》をつけて、おうちの人《ひと》といっしょに作《つく》りましょうね。」

監修《かんしゅう》／マウジー　三好由美子《みよしゆみこ》

あとがき

こんにちは、つくもようこです。

いよいよ、すばるたちが目標《もくひょう》にしてきた【小学生《しょうがくせい》トップ・オブ・ザ・パティシエ・コンテスト】が始《はじ》まりました。シリーズ十一巻目《かんめ》の『パティシエ・コンテスト！　①予選《よせん》』楽《たの》しんでもらえたら、うれしいです。

ところで、みなさんはコンテストに出場《しゅつじょう》したことは、ありますか？　わたしは経験《けいけん》がありませんが、コンテストに出場《しゅつじょう》することを想像《そうぞう》しただけで、緊張《きんちょう》しますね。

わたしが今《いま》までで一番《いちばん》ドキドキした経験《けいけん》は、学校《がっこう》の試験《しけん》です。そのときの気持《きも》ちを思《おも》いだしながら、物語《ものがたり》を書《か》きました。

遠《とお》い記憶《きおく》を思《おも》いだして気《き》がつきました。わたし、『本番《ほんばん》に弱《よわ》いタイプ』でした!!

「今日《きょう》は失敗《しっぱい》できないぞ。」

と思《おも》えば思《おも》うほど、緊張《きんちょう》して頭《あたま》の中《なか》が空《から》っぽになって……。がんばって答《こた》えを書《か》くものの、頭《あたま》の中《なか》はフワフワと落《お》ち着《つ》かないまま、試験《しけん》を受《う》けていました。

じつは最近《さいきん》、ある『習《なら》い事《ごと》』を始《はじ》めました。一週間《しゅうかん》に一度《ど》、お稽古《けいこ》に通《かよ》い、先生《せんせい》のお手《て》本《ほん》を見《み》て、何度《なんど》も練習《れんしゅう》して、先生《せんせい》の前《まえ》でひとりずつ練習《れんしゅう》の成果《せいか》を見《み》ていただくのですが……。

「はい、始《はじ》めてください。」

と、先生《せんせい》がおっしゃると、緊張《きんちょう》して上手《じょうず》にできません。

『本番《ほんばん》に弱《よわ》いタイプ』の復活《ふっかつ》です。『ひとりで旅《たび》をする』『ひとりでランチへいく』は、緊《きん》張《ちょう》しないで楽《たの》しめるのに……。（えっ、たとえがおかしい？）

そんなことで、わたしのあこがれは『本番《ほんばん》に強《つよ》い人《ひと》』です。

登場人物《とうじょうじんぶつ》のみんなは、緊張《きんちょう》しながらがんばっていますね。しっかり準備《じゅんび》をする、つばさちゃん。人見知《ひとみし》りだけど根性《こんじょう》でがんばる、渚《なぎさ》。自分《じぶん》のセンスで突《つ》き進《すす》む、カノン。ある言《こと》葉《ば》を信《しん》じる、すばる――。

コンテストの結果《けっか》は、どうなるでしょう？

次回《じかい》はシリーズのクライマックスです。みなさん、『パティシエ・コンテスト！ ②決《けっ》勝《しょう》』を楽《たの》しみにしてください。

つくもようこ

『パティシエ☆すばる』の次《つぎ》のお話《はなし》は
どんな展開《てんかい》になるのかな？
また会《あ》おうね！

＊著者紹介

つくもようこ

　千葉県生まれ、京都市在住。山羊座のＡ型。猫とベルギーチョコレートと白いご飯が大好き。尊敬する人、アガサ・クリスティ。趣味はイタリア語の勉強で、将来の夢はイタリアへ留学すること。好きな言葉、「七転び八起き」。著書に「パティシエ☆すばる」シリーズ（講談社青い鳥文庫）。

＊画家紹介

烏《からす》羽《ば》　雨《あめ》

　イラストレーター。雑誌や書籍の装画、挿絵などで活躍中。挿絵の仕事に『オズの魔法使い　ドロシーとトトの大冒険』「怪盗パピヨン」シリーズ（ともに講談社青い鳥文庫）など多数。

取材協力／
ウィーン菓子　マウジー
パティシエ　中川義彦《なかがわよしひこ》
焼き菓子工房　コレット

この作品は書き下ろしです。

講談社　青い鳥文庫

パティシエ☆すばる
パティシエ・コンテスト！　①予《よ》選《せん》
つくもようこ

2017年４月15日　第１刷発行
2020年５月８日　第６刷発行

（定価はカバーに表示してあります。）

発行者　渡瀬昌彦
発行所　株式会社講談社
東京都文京区音羽2-12-21　郵便番号112-8001
電話　編集（03）5395-3536
販売（03）5395-3625
業務（03）5395-3615

N.D.C.913　198p　18cm

装　丁　久住和代
印　刷　図書印刷株式会社
製　本　図書印刷株式会社
本文データ制作　講談社デジタル製作

ISBN978-4-06-285614-0

おもしろい話がいっぱい！

パスワード シリーズ

パスワードは、ひ・み・つ new　松原秀行
パスワードのおくりもの new　松原秀行
パスワードに気をつけて new　松原秀行
パスワード謎旅行 new　松原秀行
パスワードとホームズ4世 new　松原秀行
続・パスワードとホームズ4世 new　松原秀行
パスワード「謎《パズル》」ブック　松原秀行
パスワードvs.紅カモメ　松原秀行
パスワードで恋をして　松原秀行
パスワード龍《ドラゴン》伝説　松原秀行
パスワード魔法都市　松原秀行
パスワード春夏秋冬(上)(下)　松原秀行
魔法都市外伝 パスワード幽霊ツアー　松原秀行
パスワード地下鉄ゲーム　松原秀行
パスワード四百年パズル「謎《パズル》」ブック2　松原秀行
パスワード菩薩崎決戦　松原秀行
パスワード風浜クエスト　松原秀行
パスワード忍びの里 卒業旅行編　松原秀行
パスワード怪盗ダルジュロス伝　松原秀行
パスワード悪魔の石　松原秀行
パスワードダイヤモンド作戦！　松原秀行
パスワード悪の華　松原秀行
パスワード ドードー鳥の罠《わな》　松原秀行
パスワード レイの帰還　松原秀行
パスワード まぼろしの水　松原秀行
パスワード 終末大予言　松原秀行
パスワード 暗号バトル　松原秀行
パスワード外伝 猫耳探偵まどか　松原秀行
パスワード外伝 恐竜パニック　松原秀行
パスワード 渦巻き少女《ガール》　松原秀行
パスワード 東京パズルデート　松原秀行
パスワード UMA《ユーマ》騒動　松原秀行
パスワード はじめての事件　松原秀行
パスワード 探偵スクール　松原秀行
パスワード 学校の怪談　松原秀行

名探偵 夢水清志郎 シリーズ

そして五人がいなくなる　はやみねかおる
亡霊《ゴースト》は夜歩く　はやみねかおる
消える総生島　はやみねかおる
魔女の隠れ里　はやみねかおる
機巧館《からくりやかた》のかぞえ唄　はやみねかおる
踊る夜光怪人　はやみねかおる
ギヤマン壺の謎　はやみねかおる
徳利長屋の怪　はやみねかおる
人形は笑わない　はやみねかおる
「ミステリーの館」へ、ようこそ　はやみねかおる
あやかし修学旅行 鵺《ぬえ》のなく夜　はやみねかおる
笛吹き男とサクセス塾の秘密　はやみねかおる
オリエント急行とパンドラの匣《ケース》　はやみねかおる
ハワイ幽霊城の謎　はやみねかおる
卒業 開かずの教室を開けるとき　はやみねかおる
名探偵vs.怪人幻影師　はやみねかおる
名探偵vs.学校の七不思議　はやみねかおる
名探偵と封じられた秘宝　はやみねかおる

怪盗クイーン シリーズ

怪盗クイーンはサーカスがお好き　はやみねかおる
怪盗クイーンの優雅な休暇《バカンス》　はやみねかおる

怪盗クイーンと魔窟王《まくつおう》の対決　はやみねかおる
怪盗クイーン、仮面舞踏会にて　はやみねかおる
怪盗クイーンに月の砂漠を　はやみねかおる
怪盗クイーン、かぐや姫は夢を見る　はやみねかおる
怪盗クイーンと悪魔の錬金術師《れんきんじゅつし》　はやみねかおる
怪盗クイーンと魔界の陰陽師《おんみょうじ》　はやみねかおる
ブラッククイーンは微笑《ほほえ》まない　はやみねかおる
怪盗道化師《ピエロ》　はやみねかおる
バイバイ スクール　はやみねかおる
オタカラウォーズ　はやみねかおる
少年名探偵WHO《フー》 透明人間事件　はやみねかおる
少年名探偵虹北恭助の冒険　はやみねかおる
ぼくと未来屋の夏　はやみねかおる
恐竜がくれた夏休み　はやみねかおる
復活!! 虹北学園文芸部　はやみねかおる

大中小《だいちゅうしょう》探偵クラブ シリーズ

大中小探偵クラブ (1)〜(3)　はやみねかおる

タイムスリップ探偵団 シリーズ

坂本龍馬は名探偵!!　楠木誠一郎
平賀源内は名探偵!!　楠木誠一郎
聖徳太子は名探偵!!　楠木誠一郎
新選組は名探偵!!　楠木誠一郎
豊臣秀吉は名探偵!!　楠木誠一郎
福沢諭吉は名探偵!!　楠木誠一郎
一休さんは名探偵!!　楠木誠一郎
安倍晴明は名探偵!!　楠木誠一郎
宮沢賢治は名探偵!!　楠木誠一郎
宮本武蔵は名探偵!!　楠木誠一郎
徳川家康は名探偵!!　楠木誠一郎
平清盛は名探偵!!　楠木誠一郎
織田信長は名探偵!!　楠木誠一郎
真田幸村は名探偵!!　楠木誠一郎
源義経は名探偵!!　楠木誠一郎
清少納言は名探偵!!　楠木誠一郎
黒田官兵衛は名探偵!!　楠木誠一郎
伊達政宗は名探偵!!　楠木誠一郎
西郷隆盛は名探偵!!　楠木誠一郎
真田十勇士は名探偵!!　楠木誠一郎
関ヶ原で名探偵!!　楠木誠一郎

宮部みゆきのミステリー

ステップファザー・ステップ　宮部みゆき
今夜は眠れない　宮部みゆき
この子だれの子　宮部みゆき
蒲生邸《がもうてい》事件（前編・後編）　宮部みゆき

お嬢様探偵ありす シリーズ

お嬢様探偵ありす (1)〜(8)　藤野恵美
七時間目の怪談授業　藤野恵美

名探偵 浅見光彦 シリーズ

ぼくが探偵だった夏　内田康夫
耳なし芳一からの手紙　内田康夫
しまなみ幻想　内田康夫

千里眼探偵部 シリーズ

千里眼探偵部 (1)〜(2)　あいま祐樹

おもしろい話がいっぱい！

黒魔女さんが通る!! シリーズ

黒魔女さんが通る!! (0)～(20)　石崎洋司
6年1組 黒魔女さんが通る!! (01)～(03)　石崎洋司
黒魔女の騎士ギューバッド（全3巻）　石崎洋司
魔女学校物語 (1)～(3)　石崎洋司

おっことチョコの魔界ツアー　令丈ヒロ子 石崎洋司
恋のギューピッド大作戦！　令丈ヒロ子 石崎洋司
魔リンピックでおもてなし　令丈ヒロ子 石崎洋司

若おかみは小学生！ シリーズ

若おかみは小学生！ (1)～(20)　令丈ヒロ子
おっこのTAIWANおかみ修業！　令丈ヒロ子
若おかみは小学生！スペシャル短編集(1)～(2)　令丈ヒロ子

アイドル・ことまり！ シリーズ

温泉アイドルは小学生！(1)～(3)　令丈ヒロ子
アイドル・ことまり！(1)　令丈ヒロ子
メニメニハート　令丈ヒロ子

摩訶不思議《まかふしぎ》ネコ・ムスビ シリーズ

秘密のオルゴール　池田美代子
迷宮のマーメイド　池田美代子
虹の国バビロン　池田美代子
海辺のラビリンス　池田美代子
幻の谷シャングリラ　池田美代子
太陽と月のしずく　池田美代子
氷と霧の国トゥーレ　池田美代子
白夜のプレリュード　池田美代子
黄金の国エルドラド　池田美代子
砂漠のアトランティス　池田美代子
冥府の国ラグナロータ　池田美代子
遥かなるニキラアイナ　池田美代子

妖界《ようかい》ナビ・ルナ シリーズ

妖界ナビ・ルナ (1)～(2)　池田美代子
新 妖界ナビ・ルナ (1)～(11)　池田美代子

海色のANGEL《エンジェル》(1)～(5)　池田美代子／作　手塚治虫／原案

龍神王子《ドラゴン・プリンス》！ シリーズ

龍神王子《ドラゴン・プリンス》！(1)～(9)　宮下恵茉

パティシエ☆すばる シリーズ

- パティシエになりたい!　つくもようこ
- ラズベリーケーキの罠《わな》　つくもようこ
- 記念日のケーキ屋さん　つくもようこ
- 誕生日ケーキの秘密　つくもようこ
- ウエディングケーキ大作戦!　つくもようこ
- キセキのチョコレート　つくもようこ
- チーズケーキのめいろ　つくもようこ
- 夢のスイーツホテル　つくもようこ
- はじまりのいちごケーキ　つくもようこ
- おねがい!　カンノーリ　つくもようこ
- パティシエ・コンテスト!(1)　つくもようこ

ふしぎ古書店 シリーズ

- ふしぎ古書店(1)~(5)　にかいどう青

獣《けもの》の奏者《そうじゃ》 シリーズ

- 獣の奏者(1)~(8)　上橋菜穂子
- 物語ること、生きること　上橋菜穂子／著　瀧晴巳／文・構成
- パセリ伝説　水の国の少女(1)~(12)　倉橋燿子
- パセリ伝説外伝　守り石の予言　倉橋燿子
- ポレポレ日記《ダイアリー》(1)~(5)　倉橋燿子
- 予知夢がくる!(1)~(6)　東　多江子
- フェアリーキャット(1)~(3)　東　多江子
- 地獄堂霊界通信(1)~(2)　香月日輪

- 魔法職人たんぽぽ(1)~(3)　佐藤まどか
- ユニコーンの乙女(1)~(3)　牧野　礼
- それが神サマ!?(1)~(3)　橘　もも
- プリ・ドリ(1)~(2)　たなかりり

- 放課後ファンタスマ!(1)~(3)　桜木日向
- 放課後おばけストリート(1)~(2)　桜木日向
- 学校の怪談　ベストセレクション　常光　徹

fシリーズ

SF・ファンタジー
ふしぎがいっぱい!

- 宇宙人のしゅくだい　小松左京
- 空中都市008　小松左京
- 青い宇宙の冒険　小松左京
- ショートショート傑作選　おーいでてこーい　星　新一
- ショートショート傑作選2　ひとつの装置　星　新一
- ねらわれた学園　眉村　卓
- なぞの転校生　眉村　卓
- ねじれた町　眉村　卓
- まぼろしのペンフレンド　眉村　卓

おもしろい話がいっぱい！

泣いちゃいそうだよ シリーズ

- 泣いちゃいそうだよ　小林深雪
- もっと泣いちゃいそうだよ　小林深雪
- いいこじゃないよ　小林深雪
- ひとりじゃないよ　小林深雪
- ほんとは好きだよ　小林深雪
- かわいくなりたい　小林深雪
- ホンキになりたい　小林深雪
- いっしょにいようよ　小林深雪
- もっとかわいくなりたい　小林深雪
- 夢中になりたい　小林深雪
- 信じていいの？　小林深雪
- きらいじゃないよ　小林深雪
- ずっといっしょにいようよ　小林深雪
- やっぱりきらいじゃないよ　小林深雪
- 大好きがやってくる 七星《ななせ》編　小林深雪
- 大好きをつたえたい 北斗《ほくと》編　小林深雪
- 大好きな人がいる 北斗《ほくと》&七星《ななせ》編　小林深雪
- 泣いてないってば！　小林深雪
- 神様しか知らない秘密　小林深雪
- 七つの願いごと　小林深雪
- 転校生は魔法使い　小林深雪
- わたしに魔法が使えたら　小林深雪
- 天使が味方についている　小林深雪
- 女の子ってなんでできてる？　小林深雪
- 男の子ってなんでできてる？　小林深雪
- ちゃんと言わなきゃ　小林深雪
- もしきみが泣いたら　小林深雪
- 魔法の一瞬で好きになる　小林深雪
- 作家になりたい！(1)　小林深雪

トキメキ♥図書館 シリーズ

- トキメキ♥図書館 (1)〜(13)　服部千春
- たまたま　たまちゃん　服部千春

生活向上委員会！ シリーズ

- 生活向上委員会！(1)〜(4)　伊藤クミコ
- おしゃれ怪盗クリスタル(1)〜(5)　伊藤クミコ

エトワール！ シリーズ

- エトワール！(1)〜(2)　梅田みか

DAYS《デイズ》 シリーズ

- DAYS (1)　安田剛士／原作　石崎洋司／文

- a《エ》i《ア》r　だれも知らない5日間　名木田恵子
- 初恋×12歳　名木田恵子
- 友恋×12歳　名木田恵子
- ドラキュラの町で、二人は　名木田恵子
- ぼくはすし屋の三代目　佐川芳枝

氷の上のプリンセス シリーズ

- 氷の上のプリンセス(1)～(9) 風野 潮

探偵チームKZ《カッズ》事件ノート シリーズ

- 消えた自転車は知っている 藤本ひとみ／原作 住滝 良／文
- 切られたページは知っている 藤本ひとみ／原作 住滝 良／文
- キーホルダーは知っている 藤本ひとみ／原作 住滝 良／文
- 卵ハンバーグは知っている 藤本ひとみ／原作 住滝 良／文
- 緑の桜は知っている 藤本ひとみ／原作 住滝 良／文
- シンデレラ特急は知っている 藤本ひとみ／原作 住滝 良／文
- シンデレラの城は知っている 藤本ひとみ／原作 住滝 良／文
- クリスマスは知っている 藤本ひとみ／原作 住滝 良／文
- 裏庭は知っている 藤本ひとみ／原作 住滝 良／文
- 初恋は知っている 若武編 藤本ひとみ／原作 住滝 良／文
- 天使が知っている 藤本ひとみ／原作 住滝 良／文
- バレンタインは知っている 藤本ひとみ／原作 住滝 良／文
- ハート虫は知っている 藤本ひとみ／原作 住滝 良／文
- お姫さまドレスは知っている 藤本ひとみ／原作 住滝 良／文
- 青いダイヤが知っている 藤本ひとみ／原作 住滝 良／文
- 赤い仮面は知っている 藤本ひとみ／原作 住滝 良／文
- 黄金の雨は知っている 藤本ひとみ／原作 住滝 良／文
- 七夕姫は知っている 藤本ひとみ／原作 住滝 良／文
- 消えた美少女は知っている 藤本ひとみ／原作 住滝 良／文
- 妖怪パソコンは知っている 藤本ひとみ／原作 住滝 良／文
- 本格ハロウィンは知っている 藤本ひとみ／原作 住滝 良／文
- アイドル王子は知っている 藤本ひとみ／原作 住滝 良／文
- 学校の都市伝説は知っている 藤本ひとみ／原作 住滝 良／文

妖精チームG《ジェニ》事件ノート シリーズ

- クリスマスケーキは知っている 藤本ひとみ／原作 住滝 良／文
- 星形クッキーは知っている 藤本ひとみ／原作 住滝 良／文
- 5月ドーナツは知っている 藤本ひとみ／原作 住滝 良／文

- マリー・アントワネット物語(上)(中)(下) 藤本ひとみ
- 新島《にいじま》八重《やえ》物語 幕末・維新の銃姫《じゅうき》 藤本ひとみ

戦国武将物語 シリーズ

- 織田信長 炎の生涯 小沢章友
- 豊臣秀吉 天下の夢 小沢章友
- 徳川家康 天下太平 小沢章友
- 黒田官兵衛 天下一の軍師 小沢章友
- 武田信玄と上杉謙信 小沢章友
- 真田幸村 風雲！真田丸 小沢章友
- 大決戦！関ヶ原 小沢章友
- 徳川四天王 小沢章友
- 平 清盛 運命の武士王 小沢章友
- 飛べ！龍馬 坂本龍馬物語 小沢章友

- 源氏物語 あさきゆめみし(1)～(5) 大和和紀／原作 時海結以／文
- 平家物語 夢を追う者 時海結以
- 竹取物語 蒼き月のかぐや姫 時海結以
- 枕草子 清少納言のかがやいた日々 時海結以
- 南総里見八犬伝(1)～(3) 曲亭馬琴／原作 時海結以／文
- 真田十勇士 時海結以

おもしろい話がいっぱい！

コロボックル物語

- だれも知らない小さな国　佐藤さとる
- 豆つぶほどの小さないぬ　佐藤さとる
- 星からおちた小さな人　佐藤さとる
- ふしぎな目をした男の子　佐藤さとる
- 小さな国のつづきの話　佐藤さとる
- コロボックル童話集　佐藤さとる
- 小さな人のむかしの話　佐藤さとる

モモちゃんとアカネちゃんの本

- ちいさいモモちゃん　松谷みよ子
- モモちゃんとプー　松谷みよ子
- モモちゃんとアカネちゃん　松谷みよ子
- ちいさいアカネちゃん　松谷みよ子
- アカネちゃんとお客さんのパパ　松谷みよ子
- アカネちゃんのなみだの海　松谷みよ子
- 龍の子太郎　松谷みよ子
- ふたりのイーダ　松谷みよ子

クレヨン王国 シリーズ

- クレヨン王国の十二か月　福永令三
- クレヨン王国の花ウサギ　福永令三
- クレヨン王国　新十二か月の旅　福永令三
- クレヨン王国　いちご村　福永令三
- クレヨン王国　超特急24色ゆめ列車　福永令三
- クレヨン王国　黒の銀行　福永令三

キャプテン シリーズ

- キャプテンはつらいぜ　後藤竜二
- キャプテン、らくにいこうぜ　後藤竜二
- キャプテンがんばる　後藤竜二

- 霧のむこうのふしぎな町　柏葉幸子
- 地下室からのふしぎな旅　柏葉幸子
- 天井うらのふしぎな友だち　柏葉幸子
- りんご畑の特別列車　柏葉幸子

- かくれ家は空の上　柏葉幸子
- ふしぎなおばあちゃん×12　柏葉幸子
- 魔女モティ (1)〜(2)　柏葉幸子
- 大どろぼうブラブラ氏　角野栄子
- ママの黄色い子象　末吉暁子
- でかでか人とちびちび人　立原えりか
- ユタとふしぎな仲間たち　三浦哲郎
- さすらい猫ノアの伝説 (1)〜(2)　重松　清
- 少年H (上)(下)　妹尾河童
- 南の島のティオ　池澤夏樹
- だいじょうぶ3組　乙武洋匡
- ぼくらのサイテーの夏　笹生陽子
- 楽園のつくりかた　笹生陽子
- リズム　森　絵都
- DIVE《ダイブ》!! (1)〜(4)　森　絵都
- 十一月の扉　高楼方子
- ロードムービー　辻村深月
- 十二歳　椰月美智子
- しずかな日々　椰月美智子
- 旅猫リポート　有川　浩

講談社　青い鳥文庫

- 幕が上がる　平田オリザ／原作　喜安浩平／脚本　古閑万希子／文
- ルドルフとイッパイアッテナ 映画ノベライズ　斉藤　洋／原作　加藤陽一／脚本　桜木日向／文
- 超高速！参勤交代 映画ノベライズ　土橋章宏／脚本　時海結以／文

日本の名作

- 源氏物語　紫　式　部
- 平家物語　高野正巳
- 坊っちゃん　夏目漱石
- 吾輩は猫である(上)(下)　夏目漱石
- くもの糸・杜子春　芥川龍之介
- 伊豆の踊子・野菊の墓　川端康成　伊藤左千夫
- 宮沢賢治童話集
  - 1 注文の多い料理店　宮沢賢治
  - 2 風の又三郎　宮沢賢治
  - 3 銀河鉄道の夜　宮沢賢治
  - 4 セロひきのゴーシュ　宮沢賢治

- 耳なし芳一・雪女　小泉八雲
- 舞姫　森　鷗　外
- 次郎物語(上)(下)　下村湖人
- 走れメロス　太　宰　治
- 怪人二十面相　江戸川乱歩
- 少年探偵団　江戸川乱歩
- 二十四の瞳　壺　井　栄
- ごんぎつね　新美南吉

ノンフィクション

ほんとうにあった話

- 川は生きている　富山和子
- 道は生きている　富山和子
- 森は生きている　富山和子
- お米は生きている　富山和子
- 窓ぎわのトットちゃん　黒柳徹子
- トットちゃんとトットちゃんたち　黒柳徹子
- 五体不満足　乙武洋匡
- 白旗の少女　比嘉富子

- 飛べ！千羽づる　手島悠介
- マザー・テレサ　沖　守　弘
- アンネ・フランク物語　小山内美江子
- サウンド・オブ・ミュージック　谷口由美子
- しっぽをなくしたイルカ　岩貞るみこ
- 命をつなげ！ドクターヘリ　岩貞るみこ
- ハチ公物語　岩貞るみこ
- ゾウのいない動物園　岩貞るみこ
- 青い鳥文庫ができるまで　岩貞るみこ
- もしも病院に犬がいたら　岩貞るみこ
- 読書介助犬オリビア　今西乃子
- しあわせになった捨てねこ　今西乃子／原案　青い鳥文庫／編
- はたらく地雷探知犬　大塚敦子
- タロとジロ 南極で生きぬいた犬　東　多江子
- 盲導犬不合格物語　沢田俊子
- 海よりも遠く　白石康次郎／原案　和智正喜
- ぼくは「つばめ」のデザイナー　水戸岡鋭治
- ほんとうにあった オリンピックストーリーズ　日本オリンピック・アカデミー／監修
- ほんとうにあった 戦争と平和の話　野上　暁／監修
- ピアノはともだち 奇跡のピアニスト 辻井伸行の秘密　こうやまのりお
- ウォルト・ディズニー伝記　ビル・スコロン

「講談社《こうだんしゃ》　青《あお》い鳥文庫《とりぶんこ》」刊行《かんこう》のことば

太陽《たいよう》と水《みず》と土《つち》のめぐみをうけて、葉《は》をしげらせ、花《はな》をさかせ、実《み》をむすんでいる森《もり》。小《こ》鳥《とり》や、けものや、こん虫《ちゅう》たちが、春《はる》・夏《なつ》・秋《あき》・冬《ふゆ》の生活《せいかつ》のリズムに合《あ》わせてくらしている森《もり》。森《もり》には、かぎりない自然《しぜん》の力《ちから》と、いのちのかがやきがあります。

本《ほん》の世界《せかい》も森《もり》と同《おな》じです。そこには、人間《にんげん》の理想《りそう》や知恵《ちえ》、夢《ゆめ》や楽《たの》しさがいっぱいつまっています。

本《ほん》の森《もり》をおとずれると、チルチルとミチルが「青《あお》い鳥《とり》」を追《お》い求《もと》めた旅《たび》で、さまざまな体験《たいけん》を得《え》たように、みなさんも思《おも》いがけないすばらしい世界《せかい》にめぐりあえて、心《こころ》をゆたかにするにちがいありません。

「講談社《こうだんしゃ》　青《あお》い鳥文庫《とりぶんこ》」は、七十年《ねん》の歴史《れきし》を持《も》つ講談社《こうだんしゃ》が、一人《ひとり》でも多《おお》くの人《ひと》のために、すぐれた作品《さくひん》をよりすぐり、安《やす》い定価《ていか》でおおくりする本《ほん》の森《もり》です。その一さつ一さつが、みなさんにとって、青《あお》い鳥《とり》であることをいのって出版《しゅっぱん》していきます。この森《もり》が美《うつく》しいみどりの葉《は》をしげらせ、あざやかな花《はな》を開《ひら》き、明日《あす》をになうみなさんの心《こころ》のふるさととして、大《おお》きく育《そだ》つよう、応援《おうえん》を願《ねが》っています。

昭和《しょうわ》五十五年《ねん》十一月《がつ》

講　談　社